인생 삼국지

인생 삼국지

발행일	2019년 4월 15일

지은이	박희망		
펴낸이	손형국		
펴낸곳	(주)북랩		
편집인	선일영	편집	오경진, 강대건, 최승헌, 최예은, 김경무
디자인	이현수, 김민하, 한수희, 김윤주, 허지혜	제작	박기성, 황동현, 구성우, 장홍석
마케팅	김회란, 박진관, 조하라		
출판등록	2004. 12. 1(제2012-000051호)		
주소	서울시 금천구 가산디지털 1로 168, 우림라이온스밸리 B동 B113, 114호		
홈페이지	www.book.co.kr		
전화번호	(02)2026-5777	팩스	(02)2026-5747

ISBN	979-11-6299-514-3 03810 (종이책)	979-11-6299-515-0 05810 (전자책)	

이 도서의 국립중앙도서관 출판예정도서목록(CIP)은 서지정보유통지원시스템 홈페이지(http://seoji.nl.go.kr)와
국가자료공동목록시스템(http://www.nl.go.kr/kolisnet)에서 이용하실 수 있습니다.
(CIP제어번호: CIP2019014002)

남성정밀 51년과
지혜와 집념의 삶,
그 이야기

인생 삼국지

박희망 지음

남성정밀주식회사 대표 박희망(舊名 박실상),
우리 사회에 흔치 않은 반세기 전통의 기업인으로 살아온 시간.
아버지로, 가족으로, 혈육으로 지내온 삶의 편린과 열정과 끈기를 말하다.

북랩 book Lab

지혜와 끈기의 삶, 그 이야기

우선 박희망(舊名 박실상) 님의 『인생 삼국지』라는 회고록 발간을 진심으로 축하합니다.

이 회고록을 발간하는 박 회장님은 서울대학교 행정대학원에서 제가 원장으로 지내는 동안 정보통신최고위과정총동창회 회장을 맡아 모범적으로 회장직을 수행하였습니다. 그러한 인연을 맺은 지 30년을 지나는 동안 서울대 부총장과 교육인적자원부 차관을 맡고 있을 때에도 가끔 만나 서로 의견을 나누고 격려하면서 좋은 관계를 맺어 왔습니다.

우리나라의 통계에 의하면 50년 생존 기업은 전체기업의 1% 이하라고 합니다. 회사를 창립하여 반세기 동안 운영, 오늘까지 직접 경영한다는 것은 어려운 일입니다. 많은 풍상 속에서 50여 년을 버티면서 기업을 키우고 지키기란 결코 쉽지 않은 일일 것입니다.

기업 경영뿐만 아니라 가정의 화목, 사회에 대한 봉사, 부족한 배움의 실천, 자녀교육, 자신의 건강 지키기, 마음 수양 등 다방면에서 솔선수범과 실천의 모범을 보이면서 살아온 일들을 보석을 꿰듯 엮은 글임을 알게 됩니다. 눈여겨 읽어보면 기업 경영 과정에서 숱한 역경을 뚫고 성공을 거둔 생생한 경험과 더불어, 가정과 사회생활에서도 끊임없이 새로운 변화를 추구하고 끈기 있게 실천해온 기록들을 발견할 수 있습니다.

특히 어머니의 가르침을 실천한 '전화 한 통으로'와 기업인으로서의 기지와 의지가 돋보이는 '빈 봉투 하나에 담은 의리'는 감탄을 자아내기에 모자람이 없는 사연입니다. 독특한 가족력을 사랑으로 풀어간 '이장(移葬)'을 읽으면서 현대에 만연한 가족 간의 갈등과 욕심에 대한 지혜의 답이 이 글에 있다고 감히 말하고 싶습니다.

자기계발을 위한 플루트 배우기와 콩쿠르 참가, 전국육상대회 100m 70대 1위, 조기축구 참가 등을 이뤄내면서 극기하는 자세의 삶과 2050년을 향한 건강계획서, 학다리 명상으로 불치의 병마를 이겨 온 사례들을 보면, 이는 정말 보기 드문 성공신화의 살아 있는 기록으로써 많은 이들의 좋은 교훈과 길잡이가 될 것이 분명합니다.

누구나 자기의 이야기를 책으로 내보고 싶어 하겠지만 요즈음처럼 모두가 너무 바쁘고 숨 가쁘게 돌아가는 생활 속에서 이렇게 방대하고 좋은 소재를 확보하기도 어렵거니와 집필의 어려움과 경비 등 여러 가지 이유로 엄두를 내지 못하는 것이 현실입니다. 오랜 시간 꾸준히 준비하여 이렇게 한 권의 책으로 출간한 그동안의 노고를 경하드리고 앞으로도 건승하시기를 기원합니다.

2019년 3월

전 서울대학교 부총장, 현 가천대학교 이사장 김신복

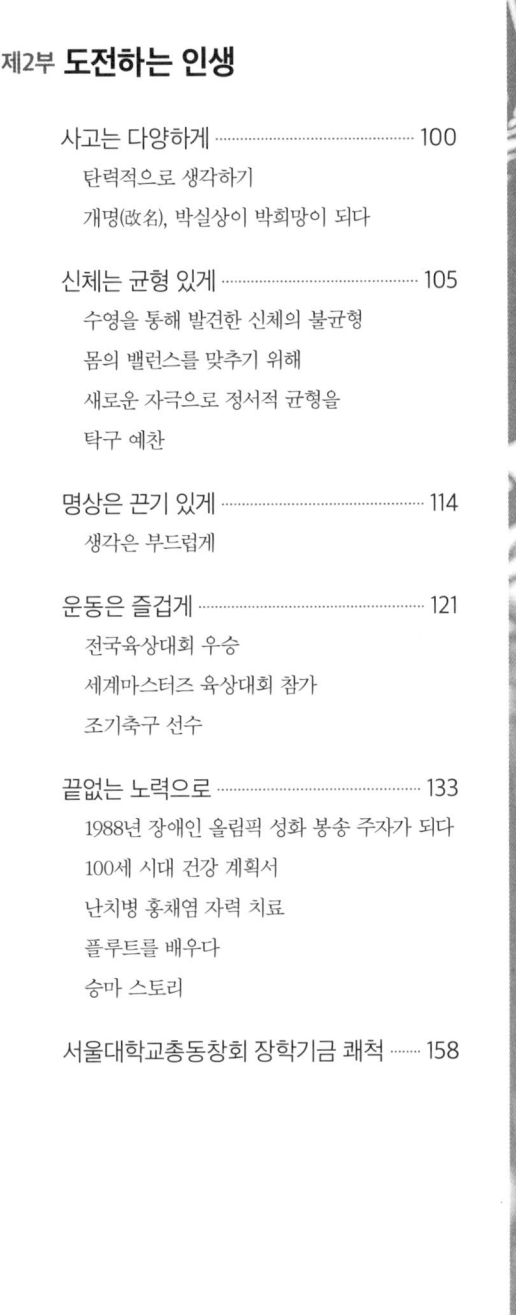

제2부 도전하는 인생

인생 삼국지

제1부

인복이 천복이다

무모한 추진력은 위험을 자초할 일이겠지만

심사숙고한 신념이야말로

경영자의 남다른 촉이라고 본다.

꿈은
이루어진다

: 둘째손가락의 변 :

다섯 손가락 중 두 번째 손가락 검지는 어딘가를 콕 찍어 가리킨다. 당신은 누구지? 이건 뭐지? 이쪽으로 가야 하나, 저쪽으로 가야 하나? 오호라! 바로 이것, 바로 당신…. 밤하늘에 높이 뜬 달을 향해 치켜든 그 손가락도 검지였다. 스무 살도 되기 전부터 나는 내가 내민 손가락의 방향을 따라 걸어가야 했다. 내가 선택한 세상을 향해 내민 검지의 끝, 그곳을 바라보며 여기까지 왔다.

엄지와 함께 집게의 역할을 성실히 수행하였다 하여 집게손가락이라고도 했다. 인간이 생존을 위해 시작한 모든 행동의 근원,

바로 그것이 집게 동작 아닐까. 동물과 달리 고도로 발달된 집게 동작은 음식을 먹거나, 사물의 위치를 이동하거나 소유를 가능케 한 가장 기본적 역할이 아니었을까. 나는 나의 집게손가락으로 무엇과 무엇을 집어 생존하였는지 가끔 되돌아보는 요즈음이다.

어떤 이는 식지(食指)라고 했다. 옛날 중국의 춘추시대에 송(朱)이라는 공자가 입궐하는데 갑자기 둘째손가락이 떨렸다. 이것을 동행하는 친구에게 보이면서 전에도 이런 일이 있었는데, 나중에 보니 맛있는 음식을 먹게 되더라는 말을 하였다. 궁에 들어가 보니 과연 요리사가 커다란 자라를 요리하고 있었다. 두 사람이 마주 보며 회심의 미소를 짓자 왕이 그 까닭을 물으므로 둘째손가락이 떨린 일에 대해 고하였다.

왕은 장난을 할 생각에, 두 사람이 음식을 먹지 못하게 밖으로 내보냈다. 그러나 그는 나가면서 국솥에 둘째손가락을 넣어 국물을 맛보고 물러났다 한다.

나의 식지(食指)는 가만있어도 아픈 손가락이다. 그 옛날 송(朱) 공자는 맛있는 국물 맛을 보려고 뜨거운 국솥에 손가락을 집어 넣었지만, 나의 식지(食指)는 생존을 위해 피 맛을 보아야 했다. 쇠 깎는 공장에서 손가락이 잘렸다. 먹고 살려고 그 추운 겨울에 철공소 프레스 작업을 마다할 수 없었던 내 식지(食指)의 아픈 추억, 그 이야기를 꺼내려고 하니 어느새 손가락이 또 아파온다.

1960년 초등학교를 막 졸업하고 남해에서 부산으로 왔다. 부산 남부민동에 사는 큰형님을 따라 올라와 영도 남항동 풍국공업사에 입사했다. 그때만 해도 취직하기가 어려워 형님의 도움 아니면 들어가기도 어려운 직장이었다. 그 당시 종업원이 500명 정도이면 대기업이고 300명 이상이면 대기업군(群)에 들어갔다. 풍국공업사는 종업원이 100여 명 규모였으니 비교적 큰 회사라 할 수 있었다.

취직이라고 하긴 했으나 14살 소년이 무슨 일을 할 수 있었을까. 더구나 쇳덩어리를 깎아 내는 공장임에랴. 남항의 바닷바람이 헐벗은 어린 몸뚱이를 휘감고, 얼음 조각 같은 쇳덩이를 만지면 찡하고 뼛속까지 그 차가움이 파고들었다. 추위를 견디기 위한 변변한 옷 하나 없이 하루 10시간 이상을 견뎌내어야만 했다. 정해진 퇴근 시간도 없어, 책임자의 입에서 허락이 떨어져야 퇴근을 하는 것이었다.

입사한 지 6개월쯤 지나 기계가 조금 익숙해지자 기능공 선배의 조수 노릇을 하게 되었다. 이제 막 기술이 조금씩 늘고 있던 참이었다. 조금만 더하면 나도 조수 아닌 기능공으로 대우받을 수 있길 기대하며 악착스럽게 일을 배우던 중이었다. 그런데 불행하게도 사고가 나고 말았다. 나의 둘째손가락, 먹고 살기 위해 고군분투하던 식지(食指)가 잘리는 사고였다.

나사를 만드는 작업이었다. 장갑 낀 손으로 일을 하다가 돌아가는 탭에 장갑 끝이 감겨버렸다. 순식간에 손가락이 탭에 말려들었고, 그중 둘째손가락이 심하게 망가진 듯했다. 부랴부랴 기계로부터 장갑을 빼려 하였으나 여의치 않아 가위로 겨우 잘라내고 보니 손가락의 90%는 떨어졌고 10%만 남아 덜렁거리고 있었다.

그 당시 10~20년 정도 종사한 사람의 대부분이 손가락 한두 개

없기 일쑤였다. 어떤 이는 양손에 한두 개, 심한 경우 다섯 손가락 모두 잘려버린 사람도 있었다. 간혹 미숙한 직원들 앞에서 시범을 보이던 책임자도 삽시간에 당해버리곤 했다. 지금에야 자동화 시스템이 도입되고, 안전장치가 보완된 기계설비 보급으로 사고율이 줄어들었지만 그 당시엔 매우 빈번한 사고였다. 프레스 공장에 다니던 직원과 사장은 손가락 한두 개쯤 없는 사람이 대부분이었다. 그것이 훈장이었다.

덜렁거리는 손가락을 들고 병원에 달려갔다. 정작 수술 중에는 통증을 느끼지 못했다. 불구가 될지도 모른다는 불안감에 아무 생각조차 하지 못했다고나 할까. 그러나 수술을 마치고 1시간가량 걸어서 집에 돌아오자 마취가 깨면서 아프기 시작했다. 얼마나 아려오던지 펑펑 울며 어깨 위에 손을 올려 내리지 못했다. 그 후로도 오랫동안 아픈 손을 높이 치켜들고 살아야 했다. 밤마다 잠 못 드는 내 팔을 높이 붙들고 간호해 주셨던 어머니의 눈물도 잊을 수 없다.

불행 중 다행으로 봉합수술은 성공적이었다. 수십 년 지난 지금에 와서는 상처 부위의 흉터 외 외형상 장애를 보이지 않는다. 그러나 추운 날씨에 어김없이 아리고 쑤시는 통증을 피할 수 없다. 그래도 그만하기 얼마나 큰 다행인가. 불구를 면하게 해준 의사 선생님과 천지신명님께 감사하며 살아갈 일이다.

부상에서 회복한 후 직장에 복귀하여 3년 정도 더 그 일을 했다. 그동안 야간중학교와 야간고등학교를 졸업하였으며, 두어 번 직장을 옮겼다. 그 후 스무 살 언저리에 창업을 하기까지, 더 이상 안전사고 없이 신체를 잘 보전할 수 있었다. 지금 생각해보면 잘려나갈 뻔했던 손가락 덕분에 더 이상 내 신체가 다치지 않도록 관리를 철저히 하였던 것 같다. 이래저래 내 둘째손가락은 나의 생존에 큰 교훈을 준 셈이다.

: 고삼(高 3), 창업을 하다 :

스무 살이 되던 1965년에 창업을 했다. 시쳇말로 하자면 '청년 창업'이다. 그동안 잘 다니던 직장을 그만두고 마치 꼭 그래야 하는 사람처럼 차린 '내 회사'였다. 얼마나 매력적인가. 젊은 가슴의 뜨거운 피로 무소의 뿔처럼 전진한 스무 살 청년의 도전이. 대부분 위험부담이 두려워 안정적 취업을 택할 나이가 아닌가.

요즘은 정부 차원의 창업지원프로그램이 더러 있다. 혁신기술이나 아이디어만 있으면 '스타트업 컴퍼니'를 열 수 있고, 그런 것 아니라도 소규모 창업을 하면 〈창업컨설팅〉, 〈법률지원〉, 〈창업자금 대출〉 등의 귀가 솔깃한 제도가 있다. 그러나 내가 창업할 당시에는 꿈도 꾸지 못할 일들이다. 더구나 나는 창업에 관한 대부분의 지식마저 부족했다. 대학은커녕 이제 겨우 야간고등학교 졸업을 앞둔 사람이었으니까.

그동안 취업해 있던 공장에서 내 역할은 양수겸장이었다. 현장에 나가면 숙련된 기능공이고 사무실에 들어오면 눈치 빠른 사무원이었다. 실기와 행정을 동시에 수행하는 직원의 하루는 날마다 짧기만 했다. 매일 공장을 몇 바퀴씩 돌아다니다 보면 거래처 사장님을 만나 급한 대로 현장에서 설명할 일이 있고, 사장님도 모르는 공장 현황을 더 많이 알고 있기도 했다. 그렇다고 그것이 꼭 억울할 일만은 아니었다. 공장의 이모저모를 꿰뚫고 있으니 어느새 특별한 안목이 생기기 시작했다. 바로 회사의 흐름과 업계의 전망 등이 내 눈에 들어왔다. 일찍 셈이 든다고나 할까, 아니면 내 속에 사업가로서의 싹수가 이미 자라고 있었다고나 할까.

바로 그때 운명처럼 기회가 다가왔다. 나에게 창업을 권유하는 고객이 생겼고 도와주겠다는 사람이 나섰다. 젊고 빠릿빠릿한 젊은이를 사업파트너로 삼고 싶다는 거였다. 그동안 쭉 지켜보니 사업동반자로서 오랫동안 손잡아보고 싶은 욕심이 난다는 거다. 사실, 기업이 성공하려면 나만 잘해서 되는 것이 아니다. 여러 가지 공정을 나누어서 서로 윈-윈 해야 하는데 기존의 주먹구구 경영에 지친 고객 몇 분이 새로운 제안을 했다. 다행히 몸담고 있던 공장의 사장님도 흔쾌히 독립을 허락하여 마음이 편했다.

드디어 고등학교 3학년 겨울방학, 졸업을 얼마 앞두고 부산 충무동에 〈남성공업사〉 문을 열었다. 공장 15평과 직원 3명이 전재산이었다. 사장은 당연히 종업원을 겸직해야 했고, 직원은 이것저것 할 것 없이 다 잘하는 사람 위주로 뽑았다. 사장보다 나이가 많은 직원이 대부분인 것은 말할 나위가 없었다. 그러나 모두들 진심으로 일을 열심히 해 주었던 것으로 기억한다. 지금 생각해보

창업-충무동 남성공업사

면 그나마 그것이 최고로 값진 재산이었고 인복(人福)이 천복(天福)
이었던 것 같다.

일찍 셈이 든다는 것은 때때로 한없이 쓸쓸한 일이기도 하다.
나에게는 질풍노도의 사춘기도 없었고 야리꾸리 첫사랑의 추억
도 없다. 스무 살 무렵, 그 또래 소년이 청년으로 성장하면서 치러
야 했던 통과의례 같은 여러 과정이 모두 생략되었다. 공장의 기
계공구들 틈에서 잠이 들고 공장의 어느 모퉁이에서 아침을 맞았
다. 스무 살 청춘은 기름밥을 먹으며 가뭇없이 사라져 가고 있었
지만 정작 본인은 그것이 무엇인지조차 느끼지 못했다. 이제 와
돌이켜보면 그때 그 청년이 하도 애잔하여 등이라도 톡톡 쳐주고
싶다.

: 입영통지서, 그 후 :

창업 후 2년이 지나자 하나둘 거래처가 늘기 시작하고, 조금씩 경영에 노하우가 쌓이는데 공장 문을 닫아야 할 일이 생겼다. 입영통지서가 나온 것이다. 머릿속에는 온통 공장 생각뿐이건만, 저항하기 어려운 강력한 힘이 나를 내 사업장에서 떼어 놓으려 한다는 느낌이었다. 여느 사람들처럼 군대에 안 갈 방법을 찾아보기도 했다. 그러나 나에게는 그럴 만한 힘이 전혀 없었다. 차라리 넘어진 김에 쉬어가자, 잠시 지난 2년여를 뒤돌아보며 충전할 기회로 삼자, 그렇게 결정지을 수밖에 없었다.

그동안 나와 함께 밤낮으로 돌아가던 기계시설과 공구들을 창고에 들여놓기로 했다. 나 없는 3년 동안 어두운 창고에서 별 탈 없이 잘 지내 달라며 살살 어르고 달래 정성껏 닦고 기름칠을 했다. 남자라면 가야지. 마치 애인과 이별하듯 눈물이 앞을 가렸다. 돈 주고 빽 써서 군대 빠졌다는 놈들, 너거는 이런 기분 죽어도 모를 거다. 그나저나 내가 다시 돌아올 수나 있을까? 때는 1967년 군사정권 시절이었다.

'아쉬운 밤 흐뭇한 밤 뽀얀 담배 연기. 둥근 너의 얼굴 보이고, 넘치는 술잔엔 너의 웃음이. 정든 우리 헤어져도 다시 만날 그날까지… 자 우리의 젊음을 위하여 잔을 들어라!' 가수 최백호는 「입영전야」를 이렇게 노래했다. 그러나 나는 '둥근 너의 얼굴'이나 '너의 웃음'도 없이 텅 빈 작업장에 혼자 앉아 외로이 쓴 소주를 마셨다.

논산훈련소를 거쳐 군 생활이 시작되었다. 그런데 다음 해 1월 21일 '김신조 사건'이 터졌다. 북한 무장공비 20여 명이 청와대 근처까지 침투하는 사건이었다. 그 바람에 시국은 전시를 방불케 하는 비상상태였다. 참 기막힌 일이기도 하지, '나'라는 사람은 무엇 하나 편하게 넘어가지 않는 팔자인 모양이었다. 3년간의 군 생활은 마치 전쟁이라도 치르듯 긴장의 연속이었다.

팔자 이야기가 났으니까 하는 말인데, 나는 바람을 먹고 사는 팔자인 것 같다. 휘몰아치는 비바람을 맞으면 더 단단해진다고나 할까. 군대 생활 3년 동안 내가 겪은 여러 가지 시련은 내 생애에 있어서 매우 중요한 자산이 되었다. 위기는 언제나 기회가 되어 돌아왔다.

돈 없으니 PX 드나들어 맛있는 것 사다가 고참에게 알랑거릴 수도 없고, 펜대 짧으니 행정반에서 중대장 딱가리도 못하는 내가 〈공병 보급창 군수과〉 일을 맡아 보았다. 그동안 내가 어떻게 제대로 된 조직의 맛을 보았겠는가, 또 언제 체계화된 행정을 배웠겠는가. 군 생활 그 이전에나 그 이후로나 내 생애 처음이자 마지막 기회였다. 공병보급창의 일은 행정의 흐름과 시간의 중요성, 약속의 중요성, 규칙의 중요성을 깨치는 데 중요한 계기가 되었다.

드디어 전역을 했다. 1970년 육군 만기 전역은 나름대로 뿌듯한 일이었다. 폭풍한설을 견뎌낸 벼랑 끝 한그루 소나무가 된 기분이었다.

제대로 바람 맛을 보았으니 이제 더욱 강인한 자생력으로 살아갈 수 있을 것 같았다. 만약 '태풍의 눈'과 같은 무풍지대에서 3년을 보냈다면 그야말로 허송세월이 아닐 수 없었다. 김신조 사건은 자칫 허투루 날려 버렸을 뻔한 내 청춘의 바람 부는 날이 되었다.

바람을 먹고 사는 나, 그해 음력설을 쇠고 다시 공장 문을 열었다. 창고에 보관해둔 기계와 금형 등을 꺼내는 그날도 바람은 무지 불었다. 내 나이 25세였다.

잘한 일인지
생각해 본다

: 무기한의 보증금 :

중소기업을 경영하다 보면 오랫동안 납품하는 대기업과 끈끈이 연결될 때가 있다. 대기업이 발전하기 위해서 중소기업을 키우고, 중소기업이 튼실하게 자라기 위해서 대기업이 협력하게 된다. 마치 큰집 작은집처럼 서로 협력하고 보완하며 윈-윈 하는 것이다. 그런 결과 자연스럽게 대기업의 간부직원들과는 신용과 친분을 두텁게 유지하게 된다.

약 30년 전쯤의 일이다. 오랫동안 거래하던 럭키화학(지금의 LG 화학)의 고급 간부 P 씨가 이례적으로 퇴근 후 식사를 하자고 요청했다. 그동안 럭키화학에 X-L파이프 피팅(관 이음새)과 기타 여러 금속류를 대량 납품하고 있었고, 부산공장뿐 아니라 울산공단에까지 납품을 하던 중이었다. 그러나 회사 밖에서 따로 만날 것을 요청한 것은 처음이었다. 필시 특별한 일이 있음을 짐작하게 되었다.

다음 날 울산의 조용한 식당에 자리를 마련하였다. 그분은 회사 일이 아닌 개인의 사정에 대해 조언을 구했다. 자신의 장인(丈人)어른이 사업을 하다가 약 3년 전에 부도가 나서 자신의 집에 피신 중인데, 채권자가 택배기사를 가장하여 집 안으로 들어와 잡히고 만 것이었다. 아내의 급한 연락을 받고 집에 가보니, 부도 금액도 상당하였을 뿐 아니라 채권자 역시 대단한 각오를 한 듯 심각하게 대치하고 있었다.

당장 급한 상황에서 할 수 있는 모든 경우의 수를 동원해야 했다. 여러 가지 협상을 거친 결과, '당시 금액 ○○천만 원을 차용금 형식으로 적고, 매월 ○백만 원씩 3년간 상환하기로 하며, 이 협상의 연대보증인으로 럭키화학 고급 간부 P 씨가 서명 날인'하였다. 채권자 입장에서 돈 나올 곳 없는 채무자 상대로 어찌할 방법을 찾던 중 P 씨를 엮어 놓은 듯했다. 결국 P 씨는 장인어른의 채무를 고스란히 떠안게 될 처지에 놓인 것이다. 당시 도심의 중형(中型) 아파트 1채 값에 해당하는 금액이었다.

그런데 내가 그 보증서를 자세히 살펴보니 차용증 맨 밑에

'조건: 무기한을 전제로 한 보증임.'

이란 문구가 들어있어서 이 조건은 무슨 뜻이냐고 물었다. 그러

자 '채권 독촉을 너무 심하게 하지 말고 기다리면 내 양심껏 갚겠다.'는 뜻으로 적었다고 하였다. 바로 그 순간 어쩌면 P 씨의 '연대보증인 효력'은 그다지 유효하지 않을 수 있겠다는 생각이 들었다. 다시 말해서 보증인으로서의 절대적 의무가 희박하지 않겠냐는 것이다. 곰곰이 생각할수록 그러한 확신은 더욱 굳어졌다.

다음 날 서둘러 P 씨 대신 세 군데나 되는 변호사사무실을 찾았다. 변호사들은 한결같이 '민법 중에 기한이 정해지지 않는 채권은 채권자가 요청하는 날짜가 변제 일자다.'라는 조항이 있다고 했다. 그래서 P 씨의 보증효력은 유효하므로 변제를 해 주어야 한다고 했다. 아니나 다를까 그 후로 3개월간 채무를 변제하지 않으니 채권자가 보증인을 상대로 소송을 했다. 다급해진 P 씨는 부산의 실력 있는 모(某) 변호사에게 변호를 맡기자 소송에 승산이 없다 하며 착수금 반환과 함께 변론 거절을 했다.

그러나 나는 주장을 달리했다. 채권에 있어서 '무기한의 변제'란 '무기한'의 기간이 있어서 '변제기일이 없는 것'과는 전혀 다르다고 주장했다. 즉 재판을 아직 받지 않은 미결수와 무기징역을 받은 기결수가 어떻게 같을 수 있느냐는 의견이다. 무기수는 형 집행에 있어서 무기한의 형량을 말함이고, '무기한의 변제'란 변제해 가는 과정의 기한이므로 미결수와 다르다는 의견이었다.

변호사는 그래도 이해를 못 하고 승산이 없다 했다. 나는 승산이 있다고 거듭 주장했다. 하는 수 없어 다른 변호사를 찾아가 패소해도 좋으니 맡아 달라 부탁하기에 이르렀다. P 씨는 대기업의 고급 간부이긴 하나 기술 파트에서 평생 일해 온 분이라 이러한 소송 경험은 전무했다. 그래서 오랫동안 납품 관계로 연을 맺어온 나에게 부탁하게 되었고 나 역시 거절하기도 어려웠다.

결국 내가 책임지고 보증인 명의로 의견서를 상세히 기록 제출하였다. 변호사에게도 나의 요구대로 답변서를 작성해 달라 하였다. 그때까지도 변호사는 승산을 자신하지 못했다.

드디어 판결이 났다. 판결문을 받아보니 완전한 '승소'였다. 채권자는 고등법원과 대법원에 항소하였으나 결과는 패소였다. 이로써 P 씨의 소송 건은 완전한 승소로 마침표를 찍었다. 그러나 그분과의 교류는 오래가지 못했다. 그분이 얼마 후 회사를 퇴직하게 되었고, 몇 번 인사치레 통화를 한 것 같기도 하고 안 한 것 같기도 한 상태에서 지금껏 만나지 못하였다.

그러나 이 사건은 대법원 모범판례집에 올라 유명한 판결로 기록되었다.

: 빈 봉투 하나에 담은 의리 :

1975년쯤이었다. 회사가 제법 체계를 잡아갔다. 직원은 50여 명으로 늘어났으며 판매 거래처도 여러 개 되어 안정적이었다. 그래서 좀 더 큰 공장을 계약하고 기계 보충 등 확장 준비가 20% 정도 진행되었는데 예기치 못한 먹구름이 다가왔다.

골프 격언에 '만사가 순조로울 때 위기가 온다.'란 말이 있다. 더구나 내 팔자에 언제 한 번이라도 바람 불지 않은 날이 있었나만 이번에 몰려오는 먹구름은 꽤 심상찮은 느낌이었다. 왜냐하면 그 규모가 제법 커져 있었기 때문이다.

주 거래처였던 혜성공업사는 우리나라 굴지의 기업 금성사(LG의 구 명칭)의 친척 공장이었다. 따라서 혜성공업사는 금성사에 전량 납품하는 회사이므로 안심하고 거래를 하던 중이었다. 그러나 그것이 문제였다. 납품 물량이 점점 많아지면서 판매 편중 현상이 심해졌다. 생산량에 비해 다른 거래처의 물량은 축소되고, 혜성공업사의 물량만 지나치게 늘어난다면 이는 경영에 결코 바람직하지 못한 일임을 간과했다.

걱정했던 일은 언제나 현실로 다가오기 마련이었다. 혜성공업사 내부에 심각한 경영상 문제가 발생했다. 당연한 수순처럼 물품 대금 지불이 잘 되지 않더니 1, 2개월에서 5, 6개월로 지연되었다. 당장 남성정밀이 자금압박을 받게 되었다. 물론 혜성공업이 물품 대금을 떼먹지는 않겠지만, 남성정밀로서는 원재료 구입 등을 도저히 지탱할 수 없게 되었다.

그렇다고 거래 선을 단번에 잘라버릴 수도 없었다. 당장 회사의 생산량을 줄여야 하므로 직원들이 쉬어야 하고, 무엇보다 뒤에 버티고 선 금성사가 부산에서 워낙 영향력이 크다 보니 일방적인 거래 중단도 어려웠다. 제일 좋은 방법은 순리적으로 돈을 받고, 거래를 계속하는 것이다. 나는 어떻게든 문제를 원만하게 해결하고자 여러 번 찾아가 하소연도 하고 어려움을 사정하기도 했다. 그러나 해결의 실마리는 풀리지 않았다.

하는 수 없어 극단의 방법을 찾았다. 일단 법률적 자문을 구해 혜성공업사에서 금성사로 납품되는 제품에 가압류 신청을 하기로 했다. 그러나 가능하다면 일을 크게 벌이고 싶지 않아 가압류 신청서를 들고 다시 한번 찾아가 사정했다. 그러나 혜성공업사 사장의 안색만 창백해질 뿐 돈은 나오지 않았다.

드디어 가압류 결정을 받아 집달관이 들어갔다. 공장 내부에 있던 텔레비전 부품과 선풍기 부품 등 금성사 납품 관련 물품에 모두 압류딱지를 붙였다. 이제 법원의 허가 없이 압류 물건을 사용하거나 손을 대면 사장이 구속될 것이다. 그렇게 되면 금성사 납품 예정 물품은 동결되고 금성사는 생산 공정에 차질이 생기니 곧 나에게 줄 돈을 지불해 압류 해제할 것이다.

그러나 내 예측은 완전히 빗나갔다. 며칠이 지나도 돈은커녕 아무 소식이 없었다. 이건 또 무슨 일인가. 목마른 사람 우물 판다고, 답답한 내가 혜성공업사를 방문했더니 해괴한 일이 벌어져 있었다. 압류된 물품은 금성사에서 법원 허락 없이 다 갖다 써버리고 없었다. 참으로 기막힌 일이었다.

일단 일차적 예상은 빗나갔다. 그러면 법원에 압류물 검사 신청을 하고, 압류물이 없어졌음을 확인 후 사장을 고발하는 수밖에 없다. 이 사실을 혜성공업사 사장에게 통고하고는 대서방에 갔다. 그런데 대서 비용이 장난 아니었다. 일반 비용이 그때 돈으로 삼천 원인데 고소장 비용은 이만 원이었다. 난감하게도 나는 돈이 부족했다.

내가 누군가. 돈 없어 고소장 못 쓴다면 박실상(=박희망)이가 아니다. 그 자리에서 당장 고소장 쓰는 방법을 배워 직접 작성했다. 손이 벌벌 떨렸다. 분노와 당혹감으로 정신집중도 잘 안 되었다. 글 쓰는 손이 얼마나 떨리는지 마치 알코올 중독자 같았지만 몇 번이나 고쳐가며 결국 완성했다. 그 길로 바로 혜성공업사를 찾아가 사장 앞에서 소장을 읽어 주었다.

그동안 미동도 않던 사장의 태도가 완전히 달라지기 시작했다. 그렇게 당당하게 큰소리치던 모습은 온데간데없었다. 앉은 자리에서 벌떡 일어서더니 나를 안정시키고 달래었다. '식은 죽도 식혀 가며 먹는 법, 곧 해결될 것이니 조금만 기다려 달라'는 것이다. 그러나 그런 이야기는 수십 번 들었고, 약속도 여러 번 했지만 모두 똑같은 거짓말이었다. 그래서 더 이상 어쩌지 못해 지금 동래경찰서에 접수하러 간다면서 사장실을 나왔다.

다급해진 사장이 큰길까지 뒤따라오며 이야기 좀 하자고 사정사정했다. 종전과는 완전히 다른 자세로 소맷부리를 잡았다. 근 10분을 실랑이하다가 나 역시 돈 받는 것이 목적인지라 좋다고 동의하여 근처 다방에 들어갔다. 마침 바로 옆에 우체국이 있고 우체통도 있어 잘 되었다는 생각을 했다. 그러나 장시간의 대화에도 불구하고 합의점을 찾지 못했다.

하는 수 없었다. 다방을 나오면서 혜성공업사 사장에게 '동래경찰서장 귀하'라고 쓴 고소장 봉투를 쳐들어 보이며 '경찰서까지 갈 것도 없이 이 우체통에 바로 넣는다.'면서 던져 넣어버렸다. 혜성공업사 사장은 그 광경 앞에서 깜짝 놀라 눈이 휘둥그레지면서 사색이 되었다. 이제 어찌할 수 없었다.

곧바로 집으로 돌아와 잠을 청했으나 쉽지 않았다. 남을 괴롭히는 것은 그만큼 나도 괴롭다. 아마 혜성공업사 사장은 내가 결코 고소하지 못할 거라고 판단한 것 같다. 매일 납품하는 양이 얼만데, 거래가 중단되면 당장 우리 회사 경영이 어려워질 터이니 막 가는 식의 고소까지는 못할 거로 생각했으나 이미 고소장은 본인 눈앞에서 발송되고 말았다. 내일 아침이면 경찰서에 고소가 접수될 것이고 압류 물품을 손댔으니 구속수사는 피할 수 없게 된 것이다.

밤새 뒤척이다 선잠을 깨기도 전인 다음 날 아침 6시 경이었다. 대문을 두드리는 소리에 나가 보니, 혜성공업사 상무와 간부 두 명이 나를 찾아왔다. 정작 꼭 와야 할 사장이 보이지 않아 어떻게 왔느냐고 뚱하니 물었다. '돈을 전부 갖고 왔으니 해결하자'고 하는 말에 그래, 사장이면 어떻고 상무면 어떠냐 돈만 왔으면 되지 하고 집 안으로 들였다.

그들이 가지고 온 가방을 풀어보니 현금다발이 가득했다. 그 당시 최고 고액권이 만 원짜리였는데 두 개의 가방에 다 넣고 모자라 양복 호주머니에도 넣어 왔다. 내가 받아야 할 돈이긴 하지만 현금다발을 보면서 속으로 놀라고 말았다. 어제까지만 해도 없다던 돈을 어디서 이렇게 많이 구했는지, 그들의 현금 동원력이 놀랍고도 부러웠다. '역시 배경이 다른 사람이구나, 뒷배가 든든하니 얼마나 좋을까.' 하룻밤 새 살짝 죽었다 깬 나로서는 감탄스러왔다. 미수금 전액을 현금으로 받고, 고소를 취하하는 서류에 서명함으로 일단 서로 헤어졌다.

그들은 아침 출근 전 경찰서에 찾아가 근본적으로 고소장 접수 자체를 못 하게 할 계획이었던 것 같다. 그러나 동래경찰서의 업무가 시작되어 도착한 우편물을 접수해보니, 내가 부친 고소장은 백지였다. 즉 고소인 이름만 기록되어 있고 아무 내용 없는 고소장이었다. '속았구나!' 하고 허탈한 웃음으로 해프닝은 끝났다.

사실 나는 혜성공업사를 고소할 생각이 처음부터 없었다. 창업후 지금까지 가장 많은 물량을 주문해 준 거래처였다. 그동안 오고간 인정과 도리가 있는데 극단적 방법을 택하고 싶지 않았다. 정말이지 순리로 해결한 후 지속적인 거래를 이어가고 싶었다. 그래서 가압류 신청을 하기 전에도 먼저 찾아가 사정사정했고, 압류물이 없어져 고소장을 쓰고도 미련을 버리지 못했다.

다음 날 돈을 받아서 감사한 사람과, 경찰 조사와 벌금을 물지 않아서 감사한 사람이 마주 앉아 점심식사를 했다. 고마운 웃음과 쓴웃음이 오갔다. 혜성공업사에 피해를 주지 않으려고 고심(苦心)해 주어서 고맙다는 인사와 추후 좋은 거래선으로 보답하겠다는 인사를 주고받았다.

그 후 정말 약속을 지켰다. 혜성공업사는 앉은자리마다 남성정밀 박 사장 자랑을 하고 거래처를 소개하여 주었다. 나 또한 최선을 다해 우선적으로 납품을 했다. 뿐만 아니라 금성사 계열회사인 성음사, 성은사, 오성사를 차례로 추천하고 거래를 성사시켜

주어 후일 내가 성장하는 데 큰 도움이 되었다. 빈 봉투 하나로 얻은 크나큰 결실이었다.

또 하나 뼈저린 교훈을 얻게 된 것이 있다. 어떤 거래처도 전체 매출의 비중을 15% 넘기지 않는 것이다. 전체 판매량 중 특정 거래처 판매량이 20% 이상이면 이를 기화로 고객이 횡포를 부릴 수 있다. 그래서 적정 거래량을 15% 이하로 유지하는 것이 원칙이다. 회사 직원 관리도 마찬가지다. 권력이나 업무가 한사람에게 쏠리게 되면 회사에도 사람의 횡포와 나쁜 생각을 만들게 된다. 개인의 업무도 한사람이 30% 이상 독점하면 폐해가 발생한다. 그 일 이후 45년이 지난 지금까지 원칙대로 판매 편중 현상을 피해 안전한 경영을 하고 있다.

: 가끔 젊음이 무섭다 :

스무 살 되던 해 15평으로 시작한 충무동 공장이 300평 가야공장으로 커졌고, 다시 부지 6,000평에 건평 2,500평 규모 김해공장으로 이전하게 되었다. 가야공장의 규모가 커져 부득불 공장을 옮겨야 하기도 했지만, 마침 부산시에서 공장을 외곽으로 이전하라는 정책에 부응해야 할 이유도 있었다. 부산 도심에 있는 공장을 외곽으로 이전하면 중과세 대신 여러 가지 면세와 특혜가 주어졌다. 내 나이 36살 되던 1985년이었다. 창업 후 15년을 바람 부는 벌판에서 고군분투한 결과물이기도 했다.

김해공장으로 이전하기 전 진영농공단지에 공장용지 5,000평을 먼저 분양받았다. 사업 확장을 위해 자동차부품생산 공장용으로 분양받은 것이다. 그러나 계획과는 달리 몇 년 후 1990년경부터 남성정밀의 운영이 갑자기 어려워졌다. 동시다발적인 사회적 여건의 영향으로 부실채권이 발생하기 시작했다. 건축경기가 축소되면서 여러 곳의 자재상들이 넘어지고, 당연한 절차처럼 거래 선이 줄고, 매출 신장이 안 되며, 작업량 감소와 공장 이전으로 인한 자금난이 겹쳤다.

불경기가 길어지면서 어쩔 수 없이 부동산을 처분하기로 결정했다. 남성정밀 본사만 남기고 서울사무소와 부산 가야공장, 그리고 진영공장용 부지 등을 매각할 계획이었으나 쉽게 성사가 되지 않았다. 부동산은 회사 재산으로서 경기가 어려워지면 언제든지 현금화시켜 유용하게 활용되어야 한다. 부동산에 돈을 묶어놓고 직원들의 임금 지급 등 운전자금에 발목 잡혀서는 안 된다.

그러던 중 진영공장 부지에 손이 들었다. 진영공장부지는 '건축물이 없는' 대지였다. 그 대지에 원 매입자 B 회사가 계약을 하고, 6개월 후 중도금을 치고, 1년 후 잔금 완료와 함께 이전하는 것으로 공장을 우선 건축하는 데 동의했다.

B 회사는 계약 즉시 공장신축에 들어가 1년 후 공장을 가동했다. 그러나 잔금 일자를 맞추지 못하고 일방적으로 3개월이나 연기했다. 나로서는 난감한 일이 아닐 수 없었다. 운전자금이 급해 매각한 공장부지인데, 우리 회사 직원들의 임금지불이 바로 발등

의 불인데 잔금을 못 받으니 곤란하기 그지없었다. 약정서와 독촉은 아무 소용이 없었다. 그렇다고 법적인 방법이나 협상은 시간이 걸리고 그럴 만한 자금도 어려웠다.

이 생각 저 생각으로 골몰하다 보니 화가 치밀어 올랐다. 청사진만 그려놓고 실행해 보지 못한 내 공장부지에 B 사 공장이 들어선 것도 서운한데, 우리 직원들의 임금이 제날짜에 못 나가다니…. 여기에 생각이 미치자 앉은 자리에서 벌떡 일어나게 되었다. 곧장 회사직원 15명과 전기반장을 불렀다. 그날 저녁 나는 회사가 자금난에 몰리다 보니 물리적 방법으로 무리수를 두게 되었다.

B 사의 토지는 아직 내 명의로 되어 있었다. 따라서 전기도 우리 회사 명의로 되어 있었다. 그날 밤 나는 회사의 전기를 끊기로 작정했다. 내가 총책이 되고 전기반장을 행동대장으로 해서 세부지침과 행동요령을 숙지했다. 드디어 새벽 1시를 기해 현장에 도착했다. 주변을 살피니 경비원들도 잠들어 사방이 조용했다. 조심조심 4명이 전신주에 올라가 변압기 스위치를 끄고 밧줄에 묶어 조용히 아래로 내렸다. 삽시간에 공장 내외 등(燈)이 모두 꺼졌지만, 현장은 조용했다. 아마 갑작스런 정전이려니 하는 눈치였다.

변압기를 싣고 회사에 도착했다. B 사의 변압기를 창고에 보관하고 직원들은 모두 귀가했다. 다음 날 회사에 출근을 하고 보니 의외로 조용하기만 했다. B 사는 정전의 원인을 모르고 우왕좌왕하다가 결국 한전에 출동 요청을 하는 듯해 보였다. 보다 못해 전화를 걸어 '변압기는 우리 회사에 잘 보관되어 있으니 토지 대금 갖고 와서 찾아가라'고 연락했다. 곧 B 회사가 달려와 사정을 하였으나 잔금 없이는 못 준다고 거절했다.

결국 B 회사는 한전과 상의 후 다른 변압기를 달고 공장 가동에 들어갔다. 그러나 나는 그쪽으로 다시 전화를 했다. '토지 대금이 안 들어오면 또 전기를 끊겠다.'고 했다. 그날 밤부터 B 회사 직원 2명은 밤새도록 교대로 변압기를 지켰다. 일주일가량 불침번 당번을 운영하더니 결국 토지 대금 전액을 들고 왔다. 대신 나는 검찰에 고발되어 벌금을 물었다.

그렇게 일은 종료되었으나 후일 기억해보면 별로 유쾌하지 않다. 어느 때는 대금을 주지 않는 회사 앞에서 단식투쟁을 했던 적도 있었다. 모름지기 사장이란 사람은 물품 대금 수금 잘해서 봉급 제때 또박또박 주고 주문 많이 받아 영업실적이 좋아야 유능하다고 인정받던 시절이었다. 고집스럽게 받은 그 돈으로 우리 직원들의 임금을 미루지 않았고, 공장의 결제자금으로 활용하였지만 꼭 그렇게 해야 했나 하는 회한이 따른다. 좀 더 합법적인 지혜가 없었을까. 배고프고 힘들던 나의 과거를 생각하면, (특히 1976년 동일철강에서 빌려 쓴 명줄 같은 전기를 생각하면) 상황에 비해서 지나친 무리수였다는 후회를 하게 된다.

가끔 젊음이 무서울 때가 있다. 그때의 내 나이 42살이었으니 넘치는 혈기가 아름다운 지혜보다 한발 앞서고 말았던 것 같다. 좌충우돌 내 살기에 바빠 모든 지혜의 나침반을 내 위주로 맞추었던 것 같다. 젊은 시절의 무리한 생각과 행동에 대한 성찰이며 반성임을 밝힌다.

인연에 대한
기억

: 첫 번째 시련을 통과하다 :

- 동방금속 김공식 사장

〈남성공업사〉를 〈남성정밀〉로 바꾸고 문을 연 지 3년쯤 지났다. 한동안 순조롭게 돌아가던 공장 사정이 갑자기 어려워지기 시작했다. 주요 납품처였던 부산 서면 D안테나 공장의 대금 회수가 문제였다. 전체 생산량의 많은 부분을 납품하던 중인데, 점점 늘어나는 물량에 비해 대금 지불이 늦어졌다. 그러더니 급기야 어음을 발행하고 지불 일자마저 6개월 이상 늘어났다.

영세사업자가 납품 대금으로 어음을 받으면 그 순간부터 초조해진다. 자금이 부족하다 보니 원재료 구입 시에 그 어음을 배서하여 지불해야 한다. 따라서 원재료 거래는 당연히 불리해진다. 그것도 어음할인 등을 거치면 이런저런 손해가 난다. 그래도 거래를 끊을 수는 없다. 왜냐하면 이미 받은 어음이 부도 날 판이기 때문이다. 언제 터질지 모를 폭발물 같은 것이 그 당시의 어음이었다.

아니나 다를까. 지불 일자를 넘기며 말로만 듣던 부도가 실제 내 일로 벌어졌다. 그동안 노심초사했던 시한폭탄이 터지고 만 것이다. 당장 은행거래가 마비되었다. 원재료 공급은 두말할 나위가 없으며 10여 명의 종업원 급여지급도 어렵게 돌아갔다. 그 순간부터 피가 말랐다.

부도를 막아보려고, 아니 죽지 않으려고 사방을 뛰어다녔다. 나 하나 죽으면 그만인 것이 아니기 때문이다. 연쇄적으로 일어날 거래처들의 손해는 어떻게 할 것이며 젊디젊은 놈으로서 나 때문에 곤란해질 여러 사람들을 어떻게 볼 것인가. 실로 두렵고 무서운 일이었다. 처음 당해보는 부도의 공포로 삽시간에 몸과 마음이 급속히 피폐해졌다. 설사와 복통으로 하루 이틀 사이에 체중이 5kg씩 빠져나가더니 어지러워 쓰러질 지경이었다. 부도의 무서움을 뼈저리게 느끼게 된 경험이었다.

기어이 손을 들고 말았다. 내 힘으로 어쩔 도리가 없어 원재료 공장과 거래은행에 더 이상 공장을 돌릴 수 없음을 통지했다. 진심 어린 마음으로 머리 조아려 사과하고 추후 부채상환은 반드시 하겠노라 약속을 드렸다. 그러나 그게 그리 끝날 일이 아님은 당연하다. 이제부터 나는 빚쟁이다. 만약 부채를 상환하지 못해 재기하지 못한다면 그리도 빛나던 내 청춘 어디서 다시 만날까.

부도가 난 며칠 후였다. 멈춰서 버린 공장을 정신 나간 사람처럼 서성이고 있을 때 원재료 공장이던 동방금속 김공식 사장님이 찾아왔다. 그러고는 느닷없이 오늘 저녁 자기 집에서 저녁 식사를 하자고 초청했다. 무슨 일이냐, 왜 그러느냐 물어도 대답을 하지 않았다. 사실은 지은 죄가 워낙 크다 보니 죄송하고 불안하여 별로 가고 싶지 않아 우물쭈물 얼른 대답을 못 하자, 집에 가면 혹 좋은 소식이 있을 수도 있잖겠느냐면서 나를 안심시켰다.

평소 훌륭한 분이란 걸 알면서도 걱정이 많았다. 끌려가는 당나귀처럼 저린 오금을 끌고 연산동 사장님 댁을 찾아갔다. 입주한 지 1~2년 정도 된 신축주택이 품위 있게 잘 정돈되어 있었다. 가뜩이나 주눅 든 나로서는 처음 본 고급주택에 약간 당황했다. 이북 피난민이신 김공식 사장님이 그동안 고생고생하면서 겨우 준비한 첫 번째 집이라고 했다.

그날 저녁은 사모님과 셋이서 늦도록 자리를 같이했다. 술잔을 주고받으며 많은 대화를 나누는 동안 내가 죄인이라는 것도 잊어버렸다. 사장님의 고생한 이야기, 각자의 비전, 인생관 등에 대해 이런 이야기 저런 이야기로 시간 가는 줄 몰랐다. 그러나 특별한 당부나 논점(論點)은 없이 밤 11시경에 헤어졌다. 당시는 통행 금지가 있던 터라 겨우 12시 전에 집으로 돌아왔다.

다음 날 오전 출근을 하여 생각하니, 도대체 어젯밤 초청의 뜻이 무엇인지 궁금하기만 했다. 그러던 차에 김공식 사장님이 점심

시간에 맞춰 다시 오셨다. 그때는 전화가 없을 때라 이렇게 직접 찾아오는 것으로 소통이 되곤 했다. 점심 식사를 하면서 김 사장님은 나에게 매우 놀라운 제안을 했다.

당장 사업을 재개하라는 거다. 어젯밤 나를 돌려보내고 사모님과 장시간 토론한 결과, 사모님도 동의했다고 한다. 무슨 뜻이냐고 묻는 나에게 깜짝 놀랄 결과를 알려주었다. 자신의 집을 은행에 담보해 줄 터이니 대출을 받아 다시 시작하라는 것이다. 나는 어리둥절할 수밖에 없었다. 내가 부탁한 것도 아니고, 일가친척도 아니고, 학교나 고향 친구도 아닌데. 다만 부산 객지에서 2년여 동안 원재료 구매와 공급 관계로 맺어진 인연인데 이런 파격적 제안이라니. 결국 어젯밤 나는 김 사장 사모님의 시험을 통과한 것이었다.

선택의 여지 없이 제안을 받아들이기로 했다. 김공식 사장님의 집을 국민은행에 담보하고 대출을 받으니, 그토록 고통스럽던 부채를 상환하고 여유가 생겼다. 그래서 일부 기계까지 추가 구입하여 공장을 재가동했다. 마침 그해 1973년은 한국의 경제가 유례없는 호황기였다. 특히 마산수출자유지역에 납품이 많아 2년 정도 열심히 일해서 은행 부채를 다 갚고 김공식 사장님 주택 담보도 해제하여 크나큰 은혜에 일부 부응하게 되었다. 회생의 기회를 준 김공식 사장님에게는 평생 감사드린다.

이후로 근 40여 년간 김공식 사장님과의 관계가 유지되며 그 은혜를 상기하고 있다. 지금은 김공식 사장님이 사업을 정리하여 거래는 없다. 그러나 그 귀한 인연을 변함없이 이어가며 본보기로 삼고 있다. 김공식 사장님을 통해서 내가 느끼는 것은 사업가로서의 혜안이다. '이 사람, 조금만 도와주면 분명 재기할 것 같다.'는 판단과 과감한 투자의 첫 수혜자가 바로 나였다. 사업가로서 그런 지혜는 매우 중요하다. 따라서 그런 사람 몇 되지 않기에 나로서는 천운(天運)이었다.

역시 인복(人福)은 천복(天福)이다.

: 전화 한 통으로 :

- 변호사 김선옥

인생은 가끔 돌발적인 일을 만나 전혀 예기치 못한 방향으로 접어들 때가 있다. 살아가면서 도무지 나답지 않은 결정과 행동을 할 때가 있고, 그에 따른 혹독한 대가를 치르기도 한다. 나 역시 순간적 감정조절을 잘못하는 바람에 아주 곤란한 처지가 된 적 있다. 내 나이 30대 후반이었다.

물품 대금 문제로 부산지방법원에서 재판을 받게 되었다. 사업을 하면서 가장 억울한 일은 물품 대금을 떼이는 일이다. 그것은 단순한 개인 간의 금전 문제가 아니다. 물품 대금은 전 직원이 흘린 피땀이고, 딸린 가족의 생계비며 자녀들의 교육비다. 따라서 사장인 나로서는 어떡하든지 그 돈을 회수해야만 한다. 재판을 받는 내내 그런 생각이 떠나지 않아 꽤 심란한 상태였다.

그런데 법원 앞마당에서 상대방과 딱 마주쳤다. 그는 법리를 떠나 감정적으로 대들기 시작했다. 마치 뭔가를 계획하고 각오한 사람처럼 막무가내였다. 하도 어이가 없어 몇 번 밀쳐내다가 젊은 혈기에 그만 몸싸움으로 번져버렸다. 주거니 받거니 밀고 당기다가 급기야 둘 다 넘어져 뒹굴었다. 다행인지 불행인지 나는 상대방의 몸 위에 있었고, 상대는 내 몸 아래쪽에 있었다. 그날은 그렇게 헤어졌다.

일은 그 후에 걷잡기 어려울 정도로 커졌다. 상대방은 무려 전치 12주짜리 진단서를 첨부하여 나를 고소했다. 아스팔트 바닥에 넘어져 뼈를 다쳤다고 했다. 똑같이 안고 굴렀는데 내 몸은 멀쩡하고 상대는 12주 진단이다. 덜컥 겁이 났다. 이럴 경우 대략 구속을 면하기 어려울 거라고 주위에서 쑥덕거렸다. 그 바람에 나는 경찰을 피해 숨바꼭질을 시작했다. 근 1개월가량을 경찰에게 잡히지 않으려고 회사는 물론 집에도 못 들어갔다. 참으로 힘든 시간이었다.

더 이상 이렇게 살지 못할 것 같다는 판단을 하고 경찰에 자진 출두하기로 했다. 그 전에 변호사 선임을 해야겠기에 여기저기 자문해 본 결과 모두 구속을 피하기 어렵다고 말했다. 심지어 친구 변호사도 구속 외에는 피해 갈 방법이 없다고 했다. 그런데 유일하게 '어렵지만 불구속 조사를 받게 해 주겠다.'는 변호사가 있었다. 바로 판사 출신의 김선옥 변호사였다.

김선옥 변호사는 이미 부산에서 유명했다. 그런 분이 구속을 면하게 해준다고 하니 물에 빠진 사람 지푸라기라도 잡듯 매달리게 되었다. 그래서 법원 공탁금과 변호사비용을 지불하고 조사를 받았다. 다만 변호사 선임에 앞서 언급한 '어렵지만'이란 말이 좀 걸리기는 했다. 후일 알고 보니 '어려운 일과 안되는 일'의 차이는 법리해석에 따라 한 끗이었다. 따라서 변호사에 대한 면죄부로서 충분한 장치였지 않았나 생각한다.

역시 '어려운 일'은 어렵게 되고 말았다. 김선옥 변호사에게 기대했던 불구속은 물거품이 되고 결국 경찰 구치소에 구속됐다. 아침 9시에 경찰 조사를 받고, 꼬박 14시간을 경찰 대기소에서 기다린 결과가 철창신세였다. 그동안 경찰을 피해 도망 다니던 일도, 도와줄 변호사를 찾아 백방으로 뛰어다니던 일도 모두 허사가 되었다. 정말 구속만은 피하고 싶었다.

밤 12시가 되자 허리띠도 없는 푸른 죄수복으로 갈아입고 검정 고무신을 신었다. 간이 덜컹 내려앉고 소름이 돋았다. 아, 이제 나는 죽었구나. 내일 아침이면 '구속'이 공개되고 가족을 비롯하여 거래처 사람들이 모두 알고 깜짝 놀랄 것이다. 그러면 사업은 완전히 망하고 나는 끝장났구나. 스무 살도 되기 전부터 죽자고 고생하며 이룬 공든 탑이 이렇게 무너지게 될 줄 몰랐다. 내가 전과자가 되면 나만 바라보고 사신 어머니의 얼굴은 또 어찌 볼까. 세상이 온통 노랗게 보였다. 지금 와 생각하면, 사람 사는 일에 이보다 더한 경우도 수두룩 하련만 그때는 그렇게 힘들 수가 없었다.

철창 안에는 7명 정도 수감되어 있었다. 얼굴은 무섭고, 손은 쇠망치처럼 크고 험악했다. 눈동자는 보통사람과 달라 오른쪽을 보는 척하면서 왼쪽으로 향하고, 때로는 검은자위가 하나도 없는 사람처럼 흰자만 보였다. 적어도 내 눈에는 그렇게 보였다. 놀란 가슴에 무엇이 제대로 보였을까. 온 세상이 적군 세력으로 느껴졌을 것이니.

한두 평이나 될까. 밖에서는 경찰 간수가 계속 지키고 있었다. 일곱 명이 모로 누워 칼잠을 자고, 바로 옆에서 대소변을 보고, 밥을 먹고, 세수를 했다. 철창 너머에는 높디높은 벽이요, 천장에도 그물망이 늘어져 있어 그야말로 경찰서 내의 감옥이었다. 혹시 더 잘못되어 교도소에 가게 되면 이보다 훨씬 분위기가 험악하다고 하니 온몸에 전율이 흐를 지경이었다.

안절부절 어쩔 줄 모르고 있을 때 경찰 간수가 불러내었다. 그들이 보기에도 내 상태가 몹시 불안하였던 모양이었다. 처음이냐, 어떻게 왔느냐 등 대화로 진정을 시키려는 것 같았다. '순간적인 감정으로 싸우다 진단이 12주나 났다.'고 하자 잘하면 6개월, 보통은 1년 정도 살아야 한다고 했다. 이런! 위로는커녕 불안만 커졌다. 그들은 각오를 단단히 하라고 한 말인지 모르지만, 걱정이 태산이었다. 그날 밤 경찰은 나를 특별히 배려하여 단독 방에서 두어 시간 정도나마 쪽잠을 자게 해주었다. 사람 사는 세상은 어디든 비슷한가 보다. 감옥 안에서 초보자인 나를 조금 특별하게 대해주는 것 같았다.

날이 새고 김선옥 변호사와 전화통화를 했다. 정작 말을 하자니 무슨 말을 어떻게 해야 할지 말문이 막혔다. 말문만 막힌 것이 아니라 기가 차서 그런지 상대가 하는 말도 잘 들리지 않았다. '구속이 되어서 정말 미안하다.'는 김 변호사의 설명만 사뭇 장황하고 열성적이었을 뿐 책임에 대해 논할 입장도 못되었다. 그때 문

김선옥 변호사와

득 떠오르는 어머님의 말씀이 있었다. 아무리 극한 상황이라도 남을 책망하거나 원망하지 말라는 것이다. 바로 이 순간에 그 말씀이 생각났다. 그래서 침착하게 내 심정을 이야기했다.

"변호사님. 얼마나 마음고생을 하셨습니까. 원래 잘 되는 일은 쉽고, 잘 안 되는 일이 어렵지요. 잘 안 되는 일을 잘되게 하려 했으니 고생 많으셨습니다. 제 걱정은 마시고, 오히려 제가 변호사님께 위로의 말씀 올립니다. 비록 일은 잘 안 되었지만, 그동안 애써 주신 것에 대하여 감사드립니다."

그러고는 전화를 끊었다.

다시 7명이 있는 방으로 옮겨졌고, 그곳에서 온 하루를 견뎠다. 조석(朝夕)으로 콩보리뭉치밥을 주는데 이미 내 몸은 그 이전부터 아무것도 받아들이지 않았다. 입속은 불어터지고, 소화기는 움직임을 멈춰버렸는지 물 한 모금만 마셔도 바로 통과를 시켰다. 하나뿐인 화장실 사용도 서열이 있어 순서가 엄격했다. 그러나 먹은 것도 없이 물 같은 설사를 종일 해댔다.

이렇게 해서 두 번째의 밤이 깊어갔다. 자정을 못 미쳐 11쯤 되었을까? 밖에서 내 이름을 불렀다. 이상했다. 이 시간에는 면회도 안 된다던데 약간 불안한 생각도 들었다. 경찰을 따라 나가보니 석방이라고 한다. 경찰도 의아한 표정이었다. 어제 구속이 되었는데 오늘 석방이라니, 그것도 12주 진단인데. 하여튼 집으로 돌아가니 어머님은 정화수에 촛불을 켜놓고 기도를 하고 계셨다. 조상님께 빌고 신령님께 빌고 또 누군가에게도 빌고…. 석방은 되었지만 늦은 밤이라 아무에게도 연락할 수 없어 날 밝기만을 기다렸다.

다음 날 변호사 사무실에 들어서니 김선옥 변호사가 기다렸다는 듯 반갑게 맞이하였다. 따뜻한 차와 다과를 내오고 편히 앉으라고 권했다. 나보다 10살쯤 더 많아 보이는 김선옥 변호사의 모습을 이제야 제대로 바라볼 수 있었다. 나는 짧은 인사를 마치고 단도직입적으로 물었다.

"변호사님. 어떻게 된 겁니까?"

김선옥 변호사는 잠깐 호흡을 고르고 차근히 대답했다.

"내가 판사 생활을 오래 하고, 변호사로서 많은 사람을 접해보았지만 이런 경우가 없었어요. 새파란 젊은 사람이 감옥에서 변호사를 위로하다니, 이런 경험은 처음이었어요."

대부분 판결이 기대에 못 미치면 변호사를 원망하고 책임 운운하는데, 오히려 수고했다고 위로를 하니 잠깐 놀랄 수밖에 없었다한다.

"내가 그 전화 받고 얼마나 충격적이었는지 알아요? 순간 등허리에 땀이 흐르고 얼굴이 벌게졌어. 변호사도 감정이 있는 사람이야."

그래서 어떤 방법으로든 저 청년을 도와주어야겠다고 마음먹고 고민하던 차, 마침 부산고등법원 고위층 인사한 분이 변호사 개업을 했다. 김선옥 변호사는 B 변호사 그분을 찾아가 서류에 도장 하나만 찍어달라며 간청했다. 그 서류는 바로 B 변호사 그분 명의로 구속적부심사를 신청하는 것이었다. 본인이 모든 서류를 작성하고 모든 비용을 부담한 상태로 진행시킨 구속적부심사였다.

김선옥 변호사는 B 변호사 그분께 모든 공을 돌렸다. 그래서 그 길로 그분을 찾아가 고맙다고 인사하니, B 변호사 그분의 말씀이 또 걸작이다.

"난 별로 한 것이 없어요. 나는 뭐 도장 하나 찍어 달라 해서 김선옥 변호사 믿고 도장 하나 찍어 준 것뿐이예요. 김선옥 변호사에게 고맙다고 해야지요."

나중에 알고 보니 김선옥 변호사님은 자신이 받은 변호사 선임비 전액을 B 변호사 그분에게 주고 자신은 살신성인의 모습으로 변론을 도와주신 거였다. 내가 구속된 상태로 그냥 욕 한번 얻어 먹고 미안하다는 말 한마디만 하고 가만히 있으면 자신은 변호사 비용만 챙길 수 있는데도 자신의 모든 비용을 양보하면서 나를 도운 고마운 마음은 정말 감사했다.

순간 동종업계에서 두터운 신뢰로 교감하는 두 분의 모습에 머리가 수그러졌다. 사실 지금에 와서 돌아보면 그 일 또한 쉬운 일은 아니었다. '어려운 일과 안 되는 일'의 모호한 한 끗 차이에 법관들의 믿음과 전관예우가 큰 역할을 하였다고 본다. 피의자의 구속이 합당한가에 대한 '구속적부심사청구'에 의심 없이 도장을 찍어준 B 변호사 그분과, 불구속으로 일을 처리해준 분의 믿음이 지금도 존경스럽다.

오랜 시간이 흘러 어느새 형님, 아우님 하는 관계가 된 김선옥 변호사와 최근에 술자리를 같이했다. 그날 김선옥 변호사는 또 한 번 나를 감동시켰다.

"자네, 말 한마디 잘해서 불구속된 게 아니야. 말은 얼마든지 번지르르 잘할 수 있어. 그러나 그 속에 뭘 담고 있느냐가 중요해. 바로 믿음이나 신용 같은 것, 그런 진심이 없으면 안 돼. 자네의 말 속에는 본인이 평소에 어떻게 살았는지, 사람이 사람을 어떻게 믿어야 하는지 그런 진심이 있었어."

바로 그런 것이었다. 지금 당장 일이 꼬여 서로가 불편해도 평소의 신용을 바탕으로 상대편을 이해하려 하면 반드시 좋은 결과가 따라왔다. 그것은 어릴 때 어머니로부터 받은 교육이었다. 서른 살에 홀로 된 청상과부 우리 어머니. 그분은 어디서 그런 지혜를 얻으셨는지. 그 후 대인관계나 회사 직원들과의 관계에서 일이 잘 안 되었을 때마다 항상 이 사건을 떠올리며 금과옥조로 삼는다. 좋은 가르침을 준 어머니에게도, 좋은 본보기를 경험하게 해준 김선옥 변호사에게도 감사한 일이다.

: 서울대학교 총장님과 :

서울대학교 오연천 총장님과의 인연이 어느새 30년 넘어가고 있다. 서울대 행정대학원 ACAD 과정에 입학하였을 때 논문지도 교수로서 처음 만난 것이 인연이었지만, 졸업 후 여러 가지 사회활동에 관련한 조언과 질문을 하는 관계로 발전하였다.

그 후 AD(국가정책) 과정을 마치고 행정대학원 총동문회 회장이 되면서 좀 더 자주 만나게 되었다. 그때 총장님은 행정대학원 원장님이었기 때문에 학교 일이나 동문회 일로 더러 의논할 일이 생겨 자연스럽게 가까워졌다. 그 가운데 싱가포르, 북경, 상해 방문 일정을 함께 하기도 했다.

30년은 결코 적은 세월이 아니다. 그동안 오연천 총장님은 서울대 최연소 총장이 되었고 나 역시 잠시도 한가하게 쉴 틈 없이 살았다. 그래도 스승의 날 정도는 챙겨야 할 것 같아 점심이라도 함께하자고 청하면, 다른 약속을 미루고서라도 호암교수회관으로 나를 불러 자리를 함께했다. 그곳에서 조촐한 점심식사를 하고, 가까운 총장공관으로 옮겨 차 한 잔 나누는 것이 고작이었지만 말이다.

그러던 어느 날 총장님이 이런저런 얘기 중에서 나의 건강관리와 사업관리 등의 이야기를 흥미롭게 경청한다고 느끼게 되었다. 별것도 아닌 범부의 일상사를 귀 기울여 주어 감사하다고 생각하던 중, 불쑥 느닷없는 제안을 하였다. 다음 주부터 매주 토요일 오후 총장공관에 들러 좌담의 시간을 내어달라는 것이다. 나의 살아온 인생 경험과 건강관리에 대해 의견을 나누고 싶다는 제안이었다.

처음엔 그냥 해보는 소리인 줄 알았다. 왜냐하면 서울대학교에는 세계적인 석학이 하나둘이 아니며, 서울대병원에는 내로라하는 의사가 셀 수 없는데 나 같은 사람에게 무엇을 얻겠다는 말인지. 그러나 오연천 총장님의 청은 진지하였다. 그것도 될 수 있는 한 매주 정기적으로 장기(長期)에 걸쳐 좌담하기를 원하였다. 우선은 영광스러운 일이라 생각하였지만 실제로는 걱정스러운 일이 아닐 수 없었다. 내가 총장님의 인생과 건강에 무슨 도움이 될 것인가.

그 후 곰곰이 생각해 보니, 총장님의 제안을 받아들이지 못할 이유가 없다고 생각되었다. 수십 년간 학문적으로 연구한 교수님들의 이론과 수십 년 동안 실생활에서 경험하고 터득한 나의 체험이 결코 비교되지 못할 것이 아니란 생각이었다. 오연천 총장님 역시 대학의 총장으로서 운영의 애로가 있을 수 있고, 건강한 삶에 관심이 있을 수 있는 것 아닌가. 그렇다면 나의 실천적 노하우를 함께 토론해 볼 가치도 있을 것이다. 이론과 체험에 대한 좌담

서울대 총장 공관에서 오연천 총장님과

을 나누자는 제안인데 굳이 사양하지 않아도 될 것 같았다.

이론은 실행을 통해 확인받게 된다. 대학의 석학들은 이론가일 뿐, 실제 경험이 없으면 지혜로운 방법에 미숙할 수 있다. 그래서 나에게 진실로 청하는 것이라 영광스럽게 응하게 되었다. 총장님과의 좌담은 공관 응접실에 마주 앉아 토론형식으로 진행되었다. 2시간 정도, 바쁠 때는 1시간 반 정도 서로 담소하듯 주제에 대한 이야기를 나누었다.

나는 경험을 위주로, 총장님은 이론을 중심으로 토론했다. 총장님은 상당히 진지하게 메모를 하면서 경청하였고, 가끔 질문과 반론을 제기하기도 하였다. 나 역시 미처 알지 못했던 새로운 지식과 방법에 더 많은 도움을 받게 되었다. 연구자는 연구자대로, 경험자는 경험자대로 진지한 담론의 시간이었다.

그 후 총장 임기가 얼마 남지 않아 시간을 내기 어렵게 되어 11개월 만에 좌담은 끝나게 되었다. 그러나 총장님과 함께 나눈 많은 이야기를 쉬 기억 속에서 지울 수 없다. 총장님은 교육 현장에서, 나는 체험의 현장에서, 어디 세상사 모두 이것뿐이겠는가. 경험을 토대로 한 산 지식이야말로 훌륭한 삶의 좌표가 아닐 수 없다는 것을 총장님과의 대화 후 비로소 알게 되었다. 모두가 우러러보는 우리나라 최고의 지식인이요 지성인인 총장님을 지금도 존경하지 않을 수 없는 이유다.

: 강단에 서다 :
 - 현대자동차 외주업체 모범사례 발표

규모가 크든 작든 기업주의 경영방침은 매우 중요하다. 나는 창업 후 20년 된 날로부터 다음 3가지를 목표로 삼았다. 그 후 창업 45년이 지난 오늘날까지 흔들림 없이 지켜오고 있다는 점이 중요하다고 본다. 그다지 거창한 것은 아니다. 다만 기업의 속사정을 누구보다 잘 알고 있는 실무중심 경영주의 소신이라고 보면 된다.

첫째) 신용은 나 자신이 모범을 보인다.

    ① 직원의 임금은 어떤 경우에도 정해진 날에 지급한다.

    ② 고객과의 약속은 필히 지킨다. 만약 부득이할 경우 사전에 양해를 구한다.

둘째) 직원들의 즐거운 환경을 조성하는 데 일조한다.

    ① 생일과 결혼기념일 등 길흉사를 잘 챙긴다.

    ② 결혼식에는 화환을 보내고 기념패 등으로 특별한 추억을 만든다.

    ③ 매일 아침 운동을 생활화하여 직원들의 건강과 재해 예방에 힘쓴다.

셋째) 사장은 직원보다 더 많이 일하고 검소하게 생활한다.

    ① 주택의 규모는 기업 공신이나 직원들과 형평을 맞추고, 늦게 마련한다.

    ② 의복이나 그 외 차림새를 보통 이하로 한다.

    ③ 언제나 공명정대하고 깨끗한 인사(人事)를 한다.

    ④ 일가친척은 회사 직원으로 쓰지 않는다.

이렇게 정하고 큰 오차 없이 실행해 오는 동안 1980년 오일쇼크, 1987년 정권교체로 인한 혼란, 노동자 대투쟁 등을 거치면서도 회사 차원의 노사분규 한 번 없이 잘 넘겼다.

1998년 IMF로 인해 회사에 부도가 발생하였을 때에도 노사는

현대자동차 외주업체 모범사례 발표

똘똘 뭉쳐 위기를 극복해 내었다. 그 당시 직원들은 조금도 흔들리지 않고 회사를 지켜주었는데, 지금 생각하여도 고맙기 그지없어 절로 고개가 숙여진다.

2003년 환갑을 맞이하였을 때 노사협의회로부터 츄리닝 한 벌과 운동화 한 켤레를 선물 받았다. 그때는 회사가 '화의' 중이었다. 사장이란 사람이 그 와중에 직원들로부터 받은 선물이라 눈물을 삼키며 고이 받아들었다.

어쩌다 보니 이러한 이야기를 여러 사람 앞에서 발표할 기회가 있었다. 바로 현대자동차 외주협력업체 교육장에서였다. 1995년 경주 호텔 연수원에 약 800명 정도의 관계자가 교육을 받았는데, 그날 오후 우리 회사가 모범사업체로 선정되어 사례발표를 하게 되었다. 약 1시간 정도 사례발표를 하는 동안 많은 청중이 일제히 경청하였다.

단상에서 내려오자 박병재 부사장님이 정세영 사장님 앞으로 안내하여 잠시 인사를 나누었는데, 정세영 사장님이 '바로 이런 강연을 들어야 한다.'면서 현대자동차 특별강사로 초빙하였다. 그 후 6개월 동안 1주일마다 한 번씩 경주호텔 연수원에서 사원 교육을 하였다. 적게는 간부사원 30~50명, 많게는 직원 수천 명을 상대로 하는 강연이라 자료 준비만으로도 보통 일이 아니었다. 내로라하는 우리나라 최고의 인재들 앞이라 더욱 긴장하지 않을 수 없었다.

그때 준비한 여러 자료와 지식들이 지금은 금과옥조가 되어 우리 회사의 중요 자료로 쓰인다. 업무평가, 인사평가를 비롯해 영업이나 생산의 평가와 계획, 결산 등 방대한 자료 정리에 고생도 많았지만 보람이 크다. 이후 현대자동차에서는 어느 인사(人士) 못지않게 정중히 예우해 주었고, 서울 본사에도 여러 번 초청하여 좋은 분을 소개해 주었다.

지내놓고 보니 대기업이나 중소기업이나 경영의 이치는 비슷하고 사람 살아가는 이치도 비슷했다. 평생 중소기업을 경영하는 사람으로서, 현대자동차 외주업체 모범사례발표는 몹시 귀중한 경험을 하게 된 계기가 되었다. 또한 모범사례발표자로 선정해 준 이수일 전무님께 오랫동안 감사와 경의를 잊지 않고 있다.

: 중국인 장애인과 형제를 맺다 :

2008년 저녁, 요사이도 방영 중인 SBS TV의 〈세상에 이런 일이〉라는 프로그램을 보다가 탄복을 하고 말았다. 중국 남쪽 지방 한 장애인의 이야기가 영상을 타고 있었는데 놀랍고도 놀라워서 입이 다물어지지 않았다.

지금도 이 프로그램은 세상의 놀라운 일들을 찾아 우리 곁에 오고 있어 희한한 사람들이나 동물들, 이상한 현상 등을 방송하는데 믿지 못할 모습을 많이 만나게 된다. 그러나 2008년 그 당시에 나는 그런 일을 본 적도 들은 적도 없어 그 이야기에 홀딱 몰입하고 말았다.

우리 부자와 중국 장애인 부부 자매결연

　그는 중국 남부지방에 사는 50대 남성으로 두 손을 모두 사용하지 못하는 중증장애인이다. 다리 역시 한 다리는 쓰지 못하고 오른쪽 다리만 성하게 온전한 상태였는데 생활은 거의 정상적으로 하고 있는 것이 내게 경이로움으로 다가온 것이다. 성치 않은 손과 발로 정교한 시계 수리를 하는 모습이 그야말로 기적에 가깝다고 생각하였다.

　한쪽 발로 오토바이 운전을 하고, 한 발로 음료도 마시고, 한 발로 수건으로 얼굴도 닦고 보통사람이 상상하기 힘든 생활을 의연히 하고 있었다. 나는 이 TV를 보고 너무 신기해서 가족들과 함께 한 번 만나 보았으면 하는 마음이 일었다.

태연이와 내가 중국말을 할 수 있으니 가서 만나면 이야기가 될 것 같은 생각이 나를 부추겼다. 얼마 후 일이 있는 아내는 가지 못하고 아들 태연이를 동행, 서울에서 상해를 거쳐 강서성 남창비행장에 내렸다. 다시 택시를 타고 서울에서 출발한 지 8시간 만에 목적지에 도착하니 긴 여름 해가 다행이다 싶게 오후 5시가 넘어 있었다.

내 사는 방식이 끈기와 집념인지라 아들의 교육과 나 자신에게 동기부여가 될 것 같은 조금은 이기적인 마음으로 시작한 방문이었는데 막상 도착해서 만나보니 더 많은 것을 느끼게 되었다.

그의 아내는 비장애인으로 모범적인 현모양처요, 딸은 상해에서 의과대학에 재학 중이라 했다. 흔히 장애인에게 가지는 선입견이 무색할 만큼 표정이나 말씨, 행동 등이 당당하였다. 시계 수리를 생업으로 젊은 시절에 열심히 돈을 모아 현재는 부동산 임대료 수입으로 살고 있다고 한다. 손재주라는 말이 무색하게 발을 손으로 쓰면서 살아온 그의 성실이 한층 돋보였다.

그날 함께 식사를 나누고 나는 미리 준비해간 기념패와 선물로 내 의중을 전했다. 나는 그와 형제가 되고 싶었다. 나보다 5살이 적은 그의 형이 되어 그의 끈기와 꿋꿋함을 배우고 격려도 보내고 싶었다. 내가 내민 꽃다발로 내 뜻을 받은 그와 늦은 밤까지 술과 음식을 함께 나누었다. 약 4시간의 교류를 마치고 호텔에 돌아와 생각해 보니 몸이 온전한 나의 지난날은 아무것도 아니었다는 생각이 들었다. 아마 아들 태연이도 무엇인가 큰 느낌이 왔을 것이라는 믿음이 자리했다.

남은 날들을 더 열심히 살아야겠다는 다짐이 저절로 일었다.

지금도 매년 생일날이면 그를 만난다. 나나 태연이 중국어를 할 수 있어 소통이 가능했고, 마음을 새롭게 다지게도 되었다.

생각하는 삶, 실천하는 생활이 가져다준 결실이었다.

: 남성정밀(주) 창립 50주년 행사 :

2018년 4월에 회사 50주년 행사 준비의 핵심인 '회고록'이 완성되었다.

편집과 사진 정리, 최종 수정 작업 등이 끝나고 출간 일자를 8월 11일로 잠정 결정하였다. 그리고 본격적인 행사 준비를 시작하면서 과거에 크게 은혜를 입었던 약 10분의 인사를 초청하였으나, 이미 운명하여 계시지 않거나 후손도 없는 분들이 많아 겨우 몇 분만 모시기로 했다.

특히 김선옥 변호사님은 꼭 모시고 감사 인사를 드리고 싶었으나, 이미 돌아가셔서 계시지 않았으며 부인 또한 몸이 불편하여 청하기 어렵고 후손들도 부르기 어려웠다.

그래서 내가 감옥에 가게 되었을 때 김선옥 변호사님의 사무장으로 일하던 김동옥 사무국장님을 초대하고자 하여 간신히 연락이 닿았으나, 이분 또한 연로의 몸으로 건강이 좋지 않아 참석은

남성정밀㈜ 창립 50주념 기념 감사패 전달
(왼쪽부터 이주영 국회부의장, 박희망(본인), 김공식 사장)

이주영 국회부의장 기념 축사

인제대학교 대학원장 이대희 교수 기념 축사
(인제대학교에서 박희망 학회를 설립할 것을 검토 중이라고 발표하는 장면)

남성정밀㈜ 창립 50주년 행사에서 박태연 신문 배달 4년 소감 발표

어려웠다. 대신 장시간의 통화로 그간의 인사를 대신하였는데, 그
때의 기억을 너무나 생생하게 하시며 박실상 이름만 말해도 흥분
하는 등 40년이 지난 세월인데 바로 어제의 일인 양 이야기를 하
셨다.

　당시 사무장님은 내가 감옥에 들어간 다음 날 오전 일찍 구치
소에 면회를 왔다고 한다. 설명인즉 자신이 사건 수임 계약서를
쓰고 돈도 자신이 받았으며 불구속될 것이라고 장담해 놓았는데,
막상 구속이 되는 모습을 보니 도저히 나를 볼 면목이 없어서 죽
을상을 짓고 사과를 하였는데, 오히려 내가 위로를 하는 바람에
너무 충격을 받았으며 이런 일은 지금까지도 처음이고 마지막이
었다는 것이다.

　그 기억이 생생한지 두 번이나 반복하여 말해 "당시 내가 뭐라
고 위로했느냐?"고 반문하니, "사무장님, 본래 잘 되는 일은 쉽고

안 되는 일에 마음고생이 많은 법. 안 되는 것을 되게 하려고 얼마나 마음고생이 많았습니까. 도리어 내가 감사와 위로의 말씀 드립니다."라고 생생히 기억하며 열변을 토했다. 꼭 보고 싶다고 해서 행사가 끝나고 건강이 회복되면 한번 보자고 하여 통화를 마치고 후일 만나서 40년의 긴 회포를 풀기로 하였다. 그러나 이번 행사에는 결국 아쉽게도 참석을 하지 못하였다.

그 외 감사한 분으로는 동방금속 김공식 사장님과 이주영 국회 부의장님이 있다. 특히 이 부의장님은 남성정밀 부도가 진행된 수개월 동안 극적인 도움을 주어 회사의 재기에 결정적인 역할을 하신 분이다. 더욱이 고마운 것은 이 부의장님은 뵌 지가 15년이 되었고, 1년 전 우연히 비행기 옆좌석에서 만나 약 30분간 담소를 나눈 후 김해 비행장에 내려서 소박하게 된장찌개 한 그릇 같이 나눈 것이 전부인데, 이번 50주년 기념식에 초청하니 그 바쁜 국사를 뒤로하고 서울에서 김해까지 내려오셔서 자리를 빛내 주셨다. 이 글을 통해 다시 한번 감사의 마음을 전하고 싶다.

인제대학교 대학원 원장님은 축사에서 '박희망 박사님은 그간의 수많은 난관을 보통 사람은 상상조차 할 수 없는 지혜로 해결하고, 건강, 자녀교육, 가정의 화목, 사업의 성공, 사회공헌 등을 모범적으로 이루어 내었다. 또한 2050년까지 일 년에 한 달씩 더 젊어지겠다는 상세한 계획서를 보면 입이 절로 벌어진다. 그리하여 인제대학교에서 박희망 학회를 설립할 것을 검토 중이다.' 등의 좋은 명언을 남겨 주셨다.

초등학교 6학년부터 4년간 신문 배달을 한 경험을 발표한 박태연 군과 14살 때부터 공장에 다니면서 주경야독을 하였던 나의 소회 발표, 박기주 판사님의 축사 등이 이어졌다. 90분 동안 어느 누구 하나 지리에서 일어나지 않는 진지하고 감동석인 창립 50주년 기념행사, 〈박희망, 오늘 나를 쓴다〉 출판 기념회는 이렇게 대단히 성공적인 행사로 막을 내렸다.

기념식에 참석한 중국인들에게 통역이 없어 내가 직접 중국말로 설명하고 양해를 구하는 등의 우여곡절이 있었지만, 예상 인원 160명을 훨씬 넘어선 220명이 참석하여 축하해주는 행사가 성황리에 마무리된 것에 감사하다.

특히 피치 못할 사정으로 참석을 못 하셨던 김해 시장님이 두 분의 특사까지 파견해 주신 것에 감사드리고, 이 기념식에 참석했거나 참석은 못 해도 멀리서 응원해 주고 화환과 축전을 보내 주신 많은 분들에게도 감사 인사드린다.

아내와 가족, 기념식을 진행한 남성정밀 직원과 책임자 등에게도 감사드리며, 많은 참석자들이 입을 모아 참으로 잘된 행사라고 한 칭찬과 책의 내용이 너무 감동적이라는 칭찬을 받은바, 이 책의 출간을 책임진 편집자와 교정 등에 관여한 정말 많은 분들에게도 감사드린다.

배신에 대한
기억

: 베트남 공장을 정리하면서 :

중국 천성벌업유한회사 중국 공장에 이어 베트남 해외 투자를 시도했다가 낭패를 당한 경험이 있다. 그 당시 2009년은 세계 금융위기의 여파로 한국 못지않게 중국의 사정도 어려워져 새로운 모색이 필요했다. 외환 환율은 날로 급등하는데 소비는 줄고, 은행은 대출 동결과 기대출금의 연장을 거부했다. 게다가 중국도 한국과 같이 노사분규가 심해지고, 인건비가 급격히 인상되었으며 환경규제마저 엄격해졌다. 그래서 중국공장을 베트남으로 이전하고자 부지확보에 나섰다.

곧 베트남 현지에 부지 1만 평을 사들였다. 그러나 공장 설계와 허가 등을 내는데 의외로 시일이 오래 걸렸다. 이럭저럭 눈 깜짝할 사이에 2년이란 시간이 흘러버렸고, 그동안 국제정세는 급속하게 변화하여 중국공장이 빠르게 안정되었으며 국제 금융위기도 정상을 되찾았다. 글로벌시대에서 세계시장은 눈이 휙휙 돌아갈 만큼 급변할 때가 있음을 체험한 순간이기도 했다.

결국 베트남으로 공장을 이전할 이유가 무색해지고 말았다. 그래서 부지를 되팔아야 할 사정이 되었지만, 베트남의 현지 계약상 제3자에게 매각할 수 없게 되어 있었다. 하는 수 없이 관계기관에 고액의 수수료를 물고서야 겨우 매각에 성공하였다.

그러나 매각대금을 한국으로 회수하는 것이 문제로 대두되었다. 회수 절차에 소요되는 시간이 1년 정도나 걸리며 비용 또한 만만찮았다. 부지 대금은 계약금과 중도금까지 안전하게 현지 은행에 잘 입금되었으나 그 돈을 한국으로 전액 회수하기가 쉽지 않았다. 하는 수 없어 은행통장과 인감도장을 현지의 경리직원에게 맡긴 채 철수를 하게 되었다.

그 전에 거래 중인 베트남의 ○○은행 하노이지점 앞으로 공문을 보냈다. 절차를 따라 전 금액이 한국으로 송금될 때까지 그 누구도 쉽게 자금에 손댈 수 없도록 조치를 한 것이다. 즉, 남성정밀의 승인하에 안전하게 한국으로 전액 송금하는 조치였다. 은행통장과 도장을 현지의 여자 경리직원이 갖고 있어 약간 불안한 구석이 없지 않았기 때문이다.

드디어 절차대로 잔금 일자가 되어 우리나라 회계직원이 베트남으로 갔다. 아니나 다를까, 현지의 여자 경리직원이 돈을 횡령하기 위해 나의 승인 없이 미리 출금 요청을 했다가 미수에 그친 후였다. 그녀는 3년 정도 현지의 일을 도맡아 하던 직원이었는데, 철수하는 마당에 은행 잔고를 보고 욕심이 난 것이다. 그녀는 베트남의 모든 서류와 통장과 인감도장 등을 가지고 잠적한 채 거액의 위로금을 요구했다. 그렇게 하지 않으면 한국으로의 회수를 방해하겠다고 협박했다.

부지 매각대금은 은행에서 잠을 자고, 그녀의 도움 없이 돈을 찾기는 무척 어려워졌다. 왜냐하면 법인의 새 인감과 새 통장을 만들려면 경찰 조사와 법원 판결까지 다시 6개월~1년이란 시간이 걸리기 때문이다. 그녀를 만나기 위해 한국의 직원이 2번에 걸쳐 베트남으로 달려갔지만, 매번 빈손으로 돌아왔다. 하는 수 없어 이미 퇴직한 부사장을 불러 베트남까지 가서 부탁해도 소용없었다. 부사장은 그 당시 그녀가 결혼을 할 때 예식장에서 부모님 역할까지 한 분인데도 만나주지 않았다.

다각도로 방법을 모색하던 중, 그녀의 남편이 베트남 하노이 주재 어느 한국공장 회계팀장이란 것을 알았다. 다행히 우리 부사장에게 그의 명함이 있어 정보를 모아보니 그녀의 남편 이름은 N.S.H.였다. 나는 즉각 그에게 메일을 보냈다.

'당신의 부인이 나의 통장, 인감, 서류를 인계하지 않는 것은 명백한 불법이며 그 뒤에서 당신이 조종하는 것으로 안다. 이런 악덕한 사람이 베트남 한국회사에서 회계팀장이라면 당신 또한 당신의 회사에서 사고를 일으킬 위험인물이다. 그러므로 당신 회사 사장에게 이 사실을 알릴 것이고, 그 외의 다른 회사에도 공람할 것은 물론 경찰에 공금횡령 주모자로 신고할 것이다. 그러므로 1주일 내 인감과 통장, 서류 인계를 요청하니 3일 이내 답장 주기 바란다. 만약 3일이 지나면 이 사실을 당신 회사 사장에게 메일로 보내겠다.' 하고 최후 통첩했다.

그러자 3일 후 답신이 왔다. 지금이라도 베트남으로 오면 모든 서류와 통장과 인감을 인계하겠다고 했다. 참으로 다행한 일이 아닐 수 없었다. 경영자의 결정적 순발력과 판단력이 위기를 모면하게 한 중요한 경험이었다. 그 후 우여곡절 끝에 베트남 투자금은 무사히 회수되었다.

경영자는 한시도 마음을 놓을 수 없는 사람이다. 근로자가 8시간 법적 근로를 한다면 경영자는 24시간 근로자다. 온갖 지혜와 전심전력을 다하지 않고서는 사업장에서 살아남을 수 없다. 무능한 근로자를 퇴출시키는 것과 마찬가지로 무능한 사장 역시 사업장에서 퇴출된다. 부단히 노력하고 지혜를 짜내어야 하는 극한직업, 그것이 경영자이다. 베트남의 여자 경리직원을 통해 새로이 겪게 된 경영수업이었다.

: 도둑을 키웠다 :

산업이 발전해나가는 과정에서 기술경쟁력이 중요한 시대에 돌입하였다. 따라서 회사 기밀을 훔쳐 경쟁사에 취업하거나 팔아먹는 '산업스파이'가 등장하고, 정부와 관련 기관에서는 그에 따른 규제와 보호법을 제정해 강력하게 규제한다. 그러나 1975년 전후만 해도 우리나라는 상도덕이 제대로 자리 잡지 못하였을 뿐 아니라 그런 규제가 보편화되지 않아 핵심기술·경영·생산·판매 등의 비밀정보가 외부로 유출되는 불상사가 종종 있었다. 그 시절, 나역시 그런 호된 일을 당하고 곤혹스러웠던 경험이 있다.

ㅂ 주식회사는 우리나라에서 가장 규모가 큰 미싱 제조회사로서 '부라더 미싱'이란 상표로 호황을 누리던 중이었다. '부라더 미싱'은 선풍적 인기를 끌며 국내외로 날개 돋친 듯 팔리기 시작했고, 부품납품을 하던 우리 회사도 점점 일감이 늘어났다. 바야흐로 우리나라에서 산업화가 박차를 가하기 시작하던 시점이었다.

그러나 처음에는 제품의 단가가 낮은 반면, 품질이 썩 만족할만하지 못했다. 그래서 우리 회사는 새로운 아이디어로 제조공정과 제조방식을 개선했다. 그야말로 기술개발을 시도한 것이다. 그결과 품질이 개선되어 가격 변동 없이 제조원가를 낮추어 좋은제품을 납품할 수 있게 되었다. 당연히 ㅂ 주식회사에서 큰 호평을 받음은 물론 경쟁력의 우세로 일감이 몇 배 늘어났다.

날이 갈수록 경쟁회사는 도태되었다. 제품의 품질과 생산원가가 맞지 않으니 납품에서 경쟁력을 잃고 포기한 결과였다. 점차적으로 물량은 늘고 새로운 시설과 기계를 도입하며 투자를 확대하자 '부라더 미싱' 납품 아이템은 효자상품이 되어 많은 이익을 남기게 되었다. 이것은 우리 회사 남성공업사(현 남성정밀)의 중요한 기술개발의 쾌거였다.

그러나 이러한 기술적 비밀이 조금씩 노출되기 시작했다. 기업의 시장점유율을 보호하거나 확대시키기 위해 기업 비밀을 유지하고자 하는 것에 대한 반작용이었다. 경쟁사의 유혹에 넘어간 회사 상무가 현장 기술자는 물론 물량을 조금씩 빼돌리고 있었다. 수개월이 지나갈 동안 나는 그의 배반 행위를 알지 못했다.

심지어 그는 우리 회사의 월급을 받으면서 다른 회사에서도 월급을 받는 이중생활을 하고 있었다. 전형적인 산업스파이의 유형이었다. 핵심기술의 유출은 주로 핵심기술 연구 인력의 이직(移職)에서 발생한다고 하는데 이 경우에는 그보다 더 고약한 방법이 아닐 수 없었다. 그래도 그가 다시 돌아설 것을 권유하고 협상해 보았다. 그러나 이미 자신의 배신이 드러난 마당이라 양심상 더 버티지 못하는 것 같았다. 그는 결국 A 회사로 이직(移職)을 하였다.

이제 A 회사와 본격적인 경쟁에 돌입하였다. 핵심기술을 가지고 A 회사로 이직(移職)한 그와의 싸움이기도 했다. 먼저 그의 회유로 빠져나간 기존의 우리 인력을 다시 돌리고, 기존의 핵심기술을 대신하는 또다른 기술도 개발해야 하며, 거래선을 방어하는 지혜도 동원해야 했다. 그래서 같은 납품처 B 회사 상무와 부사장을 찾아가 상담을 해보았다. 그러나 별 성과는 없었다. 다만 B 회사 역시 내부의 큰 알력이 있어, 그들 사이에 갈등의 관계인 파벌이 있음을 알게 되었다. B 회사에는 이미 A 회사와 손잡은 a 파벌이 있었고, 나는 b 파벌과 정보를 주고받게 되면서 많은 것을 알게 되었다.

ㅂ 주식회사에는 사장을 비롯한 실세 두 사람이 있었는데 사장의 동생과 아들이었다. 그중에서 사장에게 발언권이 큰 사람은 동생이고 그의 아들은 나와 비슷한 연령대였다. 그러나 그분들 모두 서울에 거주하고 부산공장은 전무가 총괄하였다. 그러니 부산공장의 납품에 관해서는 알 리가 없고, 부산공장에서만 수군거릴 뿐이었다. 그러는 사이 남성공업사의 피해는 날로 커져가고 있었다.

이미 ㅂ 주식회사 납품 비중은 생산량의 70%를 점하고 있어 잘못될 경우 회사가 위태로워질 형편이었다. 당시 나는 종업원 50명가량의 회사로 나름 알차게 잘 경영하던 차 돌풍을 만난 격이었다. 억울함과 분노로 화만 내고 있을 수 없는 상황이었다. 마지막 수단으로 ㅂ 주식회사 대표를 만나 그간의 사정을 설명하는 것이 위기를 돌파하는 최선의 방법이 될 것 같아 무작정 서울로 올라갔다. 먼저 사장의 아들을 만나 여태까지의 경과를 설명하였다. 그러나 아들은 사장의 동생인 자기 삼촌에게 나를 소개했다. 그분은 사장의 친동생이기도 하지만 회사에서 영향력이 큰 분이기도 하였다.

그날 서울에서 1박을 하고, 드디어 ㅂ 주식회사 사장과 면담을 하게 되었다. 한남동 자택에서 차 한 잔을 사이에 두고 마주 앉고 보니, 나이로 보나 사회적 경륜으로 보나 여러모로 어려운 분이었다. 나는 30대 초반이고 그분은 50대 중반이며, 무엇보다 갑과 을의 처지에서 말문 열기가 쉽지 않았다. 그러나 나는 위기에 처한 회사를 책임져야 할 대표였기에 진실한 마음으로 솔직하고 담백하게 어려움을 설명하고 경과를 알려야 했다.

'나는 공장 기술자로서 오늘에 이르렀다, 누구보다 기술에 있어서는 자신이 있다. 그리고 공장의 자립 과정과 기술개발, 부산정기의 납품 과정, 앞으로의 계획, 또 현재 처해 있는 어려움 등등'을 솔직하고 담담하게 설명했다. 그리고 그동안의 고학(苦學) 경험과 8세에 아버지가 돌아가신 후 오늘에 이르기까지 회사를 키워온 과정까지 진솔하게 표현하였다.

그러자 우려했던 것과는 달리 상당히 우호적으로 끝까지 경청을 해주었다. 참으로 속이 후련한 순간이었다. 그뿐 아니었다. 일본과 대만 등에서도 이러한 경험을 가진 사람들이 대성한 사례가 많다면서 열심히 해보라는 격려까지 아끼지 않았다. 어느새 2시간가량의 시간이 순식간에 흘렀고 '사실관계를 확인해 보겠다.'는 답변을 듣게 되었다.

면담을 마치고 일어서 약 10분 정도 밖에서 기다리니, 그분의 동생과 아들이 나오면서 오찬을 함께하자고 했다. 그 순간 모든 것이 잘 될 것 같은 느낌이 들었다. 용기를 내어 상경한 협력업체 대표의 말을 긍정적으로 받아들이고 있음이 느껴졌다. 그날 오찬을 함께하면서 그동안의 경위에 대해 좀 더 자세히 설명하였고, 그들의 공감과 위로를 받을 수 있었다.

그 후 부산으로 돌아와 평소와 같이 잠자코 공장 일을 하다가 사나흘이 지나 ㅂ 주식회사에 납품을 하러 갔다. 그러나 그곳 역시 평상시처럼 조용하기만 했다. 아마 사실관계를 조사 중인 모양이라고 생각하고 좀 더 기다려 보았다. 아니나 다를까, 그로부터 약 15일쯤 뒤 ㅂ 주식회사에 볼일이 있어 들어가니 기쁜 소식을 들려주었다. '앞으로 점진적으로 물량이 늘어날 것이고, 같은 조건이면 남성공업사를 도와주라는 상부의 지시'가 있었다고 했다.

참으로 기뻤다. 제품의 경쟁력이야 내가 절대적으로 우위였으니, 누군가 내게 특별한 감정으로 불리하게 대하지 않는 한 문제될 것이 없었다. 후일 ㅂ 주식회사와의 거래는 오랫동안 순리적으로 유지되었으며 우호적 친분을 쌓고 교류하였다. 또 한 번 위기를 딛고 일어선 경험이 된 사건이었다.

그러나 후유증은 실로 컸다. 이 사건을 겪어내는 과정에서 직원 관리의 오류에 대해 큰 반성을 해야만 했다. 개별기업 차원에서 핵심기술의 기밀을 보호하려면 연구 인력의 처우개선은 물론 법률적 제도를 잘 활용하여야 함은 당연한 일이었다. 다행히 그 후 창업 50년 넘도록 두 번 다시 이런 일을 되풀이하지 않았으니 확실한 수업 효과가 아닐 수 없었다.

기업을 경영하다 보면 크고 작은 배신은 물론 공갈과 협박, 부정부패 등 이익과 관련된 일들을 무수히 겪어야 했다. 마치 총알이 빗발치는 전쟁터 같다고나 할까. 아니면 먹고 먹히는 아수라장이라고나 할까.

세상살이 참 묘한 것은, 그 살얼음판 위에서 나 역시 때때로 과장된 제스처로 무장(武裝)을 하는 것이다. 고슴도치가 온몸에 가시를 세우듯, 공작새가 자기 몸 몇 배의 깃털을 펼치듯, 아니면 자연계의 동식물이 보호색으로 자신을 은폐하듯 살아남기 위한 여러 가지 수단을 다해 왔다는 것이다.

　그러나 나는 단 한 번도 용서 못 할 비열한 방법으로 상대를 해치거나 자신을 보호한 적이 없다는 사실에 그나마 안도한다.

오뚝이
처럼

: 전화 한 대의 애환 :

1965년 고등학교 졸업을 하기 전에 창업을 하고, 군 입대로 문을 닫은 공장을 다시 열기까지 5년이 흘러 1970년이 되었다. 15평에 불과한 공장은 전·월세 남의 집에 종업원 3~4명, 영세소기업이라 말하기에도 부족한 구멍가게나 다름없었다. 하루 근무시간은 10시간이 넘었고 야근을 해도 '시간외수당'은 그 단어조차 인식되지 않았던 시절, 격주 일요일의 휴무에도 해고될까 전전긍긍하던 시대였다. 식사는 싸 온 도시락을 공장바닥에서 해결하고 운반수단이라야 자전거 1대가 전부였다.

그나마 자전거나 도시락으로 지금의 자동차나 구내식당을 대신할 수 있었지만, 전화가 없는 것은 큰 문제였다. 매일 공중전화를 이용, 거래처에 주문이 있는지 더 급한 것은 없는지를 하루 2번씩 확인하였다. 회사에서 약 100m 떨어져 있는 공중전화부스까지 자전거를 타고 가는 것도 불편하지만 어떤 때는 다른 일이 바빠 전화를 못 할 때도 있어 급한 일감을 놓치거나 거래가 단절될 위기에 놓이기도 하였다.

　그때 마침 옆 공장의 사모님이 어머니와 친분이 있는 고향 분이라는 것을 알게 되었다. 약간의 경비를 지불하기로 하고 전화를 착신으로만 이용하게 길을 텄다. 옆 공장이라고는 하나 50m나 떨어져 있어 그곳에서 벨을 눌러 알려주면 그 소리를 듣고 달려가는 시스템을 택했다. 그 시절엔 동시에 받을 수 있게 양쪽에 전화기를 설치하기도 했으나 그보다는 주인에게 덜 신세 지는 쪽으로 택한 방법이었다. 그러나 벨 소리를 듣고 달려가면 전화를 건 사람에게는 너무 오래 기다리게 해서 미안함이 컸고, 전화가 여러 차례 올라 치면 주인에게 연방 머리를 조아려야 했다.

　어떤 날은, 출근하자마자 울리는 벨 소리에 헐떡이며 쫓아가니 그 공장 사장의 딸이 아침 첫 전화로 남의 전화가 먼저 걸려오면 그날은 재수가 없다는 등 모멸감을 주기에 참기 어려울 때도 있었다. 그저 "미안합니다" 하고 고개를 숙이는 것은 괜찮으나 전화를 걸어온 고객이 그 소리를 들었다고 생각하면 전화가 없다는 것에 커다란 상처가 되고 정말 불편했다. 거래처에 나가면 전화 받는 여자의 불친절이 불쾌하다며 투덜대기도 하여 하루하루 전화 한

대에 한이 맺혔다고 해도 과언이 아니었다. 이런 일들이 반복해서 일어나니 전화에 대한 필요성이 절대적일 수밖에 없었다.

당시에는 전화국에 전화를 신청하면 3년이 지나야 겨우 순번을 탈 수 있었다. 전화국에서 신청을 받고 순서대로 설치해 주는 '청색전화'라 부르는 것이 있었고 임의대로 전화상회에서 구매할 수 있는 '백색전화'가 있었던 것으로 기억한다. 청색전화는 가격이 그리 비싸지 않았지만, 백색전화는 좀 빨리 설치할 수는 있었으나 엄청 비싸서 도저히 엄두를 못 냈다. 요즘 같으면 그것이 집 한 채 정도였을까, 아니면 자동차 한 대쯤이었을까, 아무튼 몇십만 원대 몇백 만 원이었으니까. 그때는 한 마을에 전화 있는 집이 한 집 정도나 될까 하여 전화가 부의 척도이기도 했으며, 자동차는 종업원이 300명 정도는 되어야 겨우 1대 있을까 했다. 전화가 있다고 해도, 부산에서 서울로 전화를 하려면 교환을 거쳐 장거리전화 신청을 하고 약 2시간은 있어야 겨우 통화가 가능하였다. 부산의 변두리 지역 역시 교환을 통해 전화를 하던 시절이었다. 급한 것은 전신전화국에 가서 전보용지에 사연을 써서 부치면 당일 또는 다음 날 우체부(집배원)가 소식을 전해주었다. 그러다가 얼마 후 DDD라는 서울·부산 간 직통 회로가 생겼다. 전화 없는 간절한 고통은 그 후로도 거의 3년이나 겪었으니 자나 깨나 전화 한 대가 첫 번째 소원이 되었다. 그러던 어느 날 3년 만에 드디어 우리 회사 명의로 전화가 개통되었다. 밤에는 50m 떨어진 우리 집으로 회선을 옮겨 집에서 연락을 받게 되었으니 너무 좋았다.

얼마나 한 맺힌 소원이었던가. 전화벨 소리가 베토벤의 교향곡

보다 더 전율을 느끼게 했다. 또 공장 옆방에서 잠잘 때는 너무 좋아서 전화기를 보듬고 잠들기도 했다. 이렇게 전화가 있고 없음이 사업에도 크게 작용했다는 것이 격세지감이 아닐 수 없다. 그때는 산업화가 불같이 일 즈음이라 수요에 비해 공급이 턱도 없이 부족하던 시절이었다. 나라의 힘이 세지고 사회가 발전하면서 잊고 있었던 것들이 지금의 풍요를 더욱 겸허하게 받아들이게 한다. 작은 것을 얻었을 때의 크고 큰 희열은 무엇에 비할까. 지난 시절을 반추하면 언제나 지금이 느껍기만 하다.

그 후 전화를 빌려 썼던 공장의 사장 딸이 결혼도 하기 전 30세에 병을 얻어 세상을 떴다는 소식을 접했다. 그 시절 나의 생각은 적어도 10년 후면 나의 공장, 나의 전화, 나의 자동차 등 신세 지지 않고 당당하게 살겠다는 의지가 있었다. 아마도 그런 애환이 힘의 원천이 되지 않았을까. 베풀면서 주변을 돌아보는 마음을 가지게 하는 지난 기억이다. 생각해 보면 부족했기에 서로 나눌 수 있었던 따뜻한 것들도 있었지 싶다.

세상을 뜬 사장 딸의 명복을 빌며, 그때 전화를 받게 해 주었던 옆 공장 주인에게도 감사하다.

: 명줄 같았던 전기(電氣) :

1976년의 일이다. 그동안 세 들어 있던 공장이 도로확장공사 사업에 수용되어 부득불 철거를 해야 했다. 나로서는 발등에 불이 떨어진 셈이었다. 여태껏 월세만 주고 있던 공장을 이전하기 위해서 당장 목돈이 필요하게 된 것이다. 어느 곳에도 전세 없이 월세만으로 빌려줄 공장이 없었다. 웬만한 곳은 도무지 내 능력으로 어쩔 수 없을 만큼 비쌌고, 가진 돈에 맞추려니 이미 공장의 규모가 커져 있어 이전이 어려웠다.

사방팔방으로 방법을 찾아 헤매지 않을 수 없었다. 그러던 중 천신만고 끝에 부산 가야동 옛 한신철강 자리를 보게 되었다. 이곳은 분할 연부로 판매할 뿐 아니라 워낙 불경기라 전체 계약금 중 10%만 내고도 입주할 수 있었다. 그리고 공장을 가동하면서 8년간 분할 상환 하는 방식이니 내 형편에 딱 알맞았다. 역시 죽으란 법은 없는 모양이었다.

그러나 싼 맛에 비지떡이란 말처럼 건물이 허술하고, 당장 전기 공급이 안 되는 치명적 문제가 있었다. 이곳에 입주하게 될 50개 공장이 공동으로 변전소를 설치하는 조건부 계약이었기 때문이다. 낡고 허술한 건물이야 한신철강이 오랫동안 사용하다 두고 떠난 것이라서 당연한 것이지만, 전기(電氣)가 없으면 공장 가동을 못하니 이보다 더 난감한 일이 어디 있을까. 협의회 측 설명으로는 1개월 이내에 곧 해결된다고 했지만 돌아가는 형편상 그다지 신뢰할 만해 보이지 않았다.

공장 계약만 마쳐놓고 이전을 못 하고 있는데 기존 공장은 도로공사로 철거가 시작되어 독촉이 점점 심해졌다. 급기야 단전 등 압박이 심해서 일단 이전을 안 할 수가 없었다. 그때까지도 입주

공장 협의회는 전기 문제를 합의하지 못하고 차일피일 미루기만 했다. 공장을 이전한 회사가 30개가 되었으나 날마다 토론만 했지 합의가 잘 되지 않았다.

약 2주일에 걸쳐 공장 이전을 마치고 나자 현대자동차, 엘지전자, 엘지화학 등 큰 공장에서 납품 독촉이 빗발쳤다. 더 이상 전기를 해결하지 못하면 모든 거래선이 끊어질 것 같았다. 이러다 회사가 망하기 딱 알맞다는 위기감에 옆 공장에서 빌려 쓸 것을 절충해 보았다. 그러나 모두가 거절하였다. 한국전력 규정에 어긋난다는 것이다. 현실적으로는 한국전력 외에 전기 공급을 받을 수 없고 만약 규정을 어기면 빌려준 공장마저 당장 단전 조치를 당한다고 했다. 그렇다고 기본 선로에서 단독 송전을 하자니 거리가 너무 멀어 비용 부담이 컸다. 더구나 곧 협의회에서 결정이 나면 고비용의 선로는 무용지물이 되는 것이다.

어떻게 할 다른 방도가 없어 발만 동동거리다가 100미터 거리에 있는 동일철강으로 달려갔다. 사실 동일철강에만큼은 어려운 부탁을 피하고 싶었다. 사장님의 장남이 내 친구였기 때문이다. 예나 지금이나 가까울수록 더 조심해야 한다는 신조가 있어 정말이지 망설이고 또 망설였다. 그러나 더 이상 어쩔 도리가 없어 사정 이야기를 했다. 동력이 끊긴 회사를 더 이상 바라보고만 있을 수 없었기 때문이다.

동일철강으로서는 참으로 성가신 일이 아닐 수 없었다. 아무런 득이 되지 않는 일에 위험을 감수하며 지원할 문제이기에 더욱 그랬다. 만약 동일철강에서 우리 회사로 전기를 공급하다가 한국전력에 발각이 되면 동일철강마저 단전 조치가 될 것이기 때문이다. 그러나 너무나 고맙게도 전기를 공급받게 해주었다. 그 순간 얼마나 고마웠는지 찌르르 내 몸으로 전기가 흐르는 것 같았다. 죽어가던 남성정밀이 동일철강의 피 같은 전기공급으로 명줄을 부지하게 되었다.

그날 밤 땅속으로 전선 공사를 하고 드디어 공장을 가동했다. 입주한 30개 공장 중 남성정밀만 공장 가동을 하였다. 비록 밤에만 허용되는 작업이었지만 거래처의 납품을 중단하지 않아도 되었다. 비 온 뒤에 땅이 굳듯 한바탕 시련을 겪고 나니 공장은 가일층 고속 성장했다. 그 후 2개월이 지나자 협의회 측 전기문제가 타결되었다. 이제는 정말 아무 걱정 없이 주간에도 정상가동할 수 있어 안도의 한숨을 내쉬었다.

돌아보면 살아온 매 순간이 한 번도 수월한 적이 없었다. 그래도 처처에서 고마운 사람을 만나 지혜롭게 극복해내곤 했다. 실로 인복(人福)이 많아 천복(天福)을 누렸다는 생각을 하게 된다. 이제는 나 역시 누군가의 인복(人福)이 되기 위해 부단히 노력해야 할 이유가 여기에 있다. 어려운 가운데 위험을 감수하며 도와준 동일철강 사장님과 내 친구에게 다시 한번 감사드린다.

: IMF의 쓴맛 :

외환위기

국가적 외환위기를 맞아 온 나라 경제가 쑥대밭이었다. 한국은 IMF 구제금융체제에 들어가고 건국 이래 유례없는 금융위기를 맞아 많은 기업이 도산하는 가운데 나 역시 예외일 수 없었다. 매출이 50%로 줄고, 은행 대출은 물론 매출금 회수가 되지 않았다. 자금은 돌지 않는데 원재료 매입은 선불을 요구했다. 고통은 점점 가중되고, 하룻밤 자고 일어나면 동종업계 기업들이 하나둘 문을 닫았다. 그러나 우리 회사는 다행스럽게도 근근이나마 지극히 정상적인 운영을 해나가고 있었다.

법률 브로커의 농간

그런데 마른하늘에 날벼락 같은 일이 벌어졌다. 창원지방법원 집달관실에서 30억 유체동산 가압류를 하겠다고 서슬이 퍼렇게 쳐들어 왔다. 우리 회사가 특허를 위반했다는 것이다. 그들이 내민 서류를 살펴보니 그야말로 완전히 위조에 사기였다. 직감적으로 불량한 사기꾼의 농간임을 알게 되어 단호히 항변하였다. 그러나 집달관은 막무가내 공장으로 진입하려 했다.

단언컨대 나는 특허를 위반하지 않았고 부채도 없었다. 그러므로 집달관이 내 사업장에 함부로 들어와야 할 이유가 존재하지 않았다. 당장 공장 직원 350명을 불러놓고 사정을 설명했다. 그러고는 모든 책임은 내가 질 것이니 집달관을 비롯한 그 누구도 공장에 들어오지 못하게 물리적으로 막도록 지시했다.

채권자를 자처하는 사기꾼과 집달관은 공무집행을 앞세우며 억지로 진입하려 하고, 흥분한 직원들은 거세게 밀쳐내었다. 덩치 큰 공장직원은 그들 중 일부를 달랑 들어 공장 밖으로 내밀었다. 숫자로나 힘으로나 집달관 8명이 350명 직원을 당해낼 수 없는 상황이 되자 김해경찰서 기동대를 동원 요청했다.

약 1시간쯤 지나자 경찰이 왔다. 나는 더욱 거세게 항의했고, 공장 안에는 극도로 민감한 국방 관련 기술적 군사기밀이 있으므로 일절 못 들어온다고 막았다. 경찰과 집달관은 하루 종일 공장 마당에서 대치상태로 있다가 일몰 후 돌아갔다. 만약 이때 내가 전면에 나서서 압류를 저지하지 않았다면 원재료와 부품이 압류되어 월 매출 30억 공장은 한 달도 못가 망하게 되어 있었다.

다음 날 집달관이 또 왔다. 그러나 이미 나는 자신감을 회복한 후였다. 추호도 법을 어긴 적이 없을 뿐 아니라 그들이 사기꾼임을 간파하였기 때문에 당당히 맞설 배짱이 생겼다. 이제는 회사 정문에서부터 진입을 막아 돌려보냈다. 그렇게 허탕을 치고 돌아간 집달관은 다시 오지 않았다. 그러나 1차 압류는 막았지만, 그들이 2차 압류를 진행할 것을 알고 대비해야 했다.

설사 내가 공무집행 방해로 고소를 당해도 재판 기간이 수년이나 걸릴 것이지만 당장 동산을 압류하면 당일로 공장이 멈춰 설 것이니 시간상 절박했다. 그래서 압류만은 피하고 볼 일이었다. 밤새 이 방법 저 방법으로 대책을 마련했다.

우리 회사는 수년 전부터 각 반장들이 소사장의 사업자등록을 하여 운영해 오고 있었다. 그래서 회사 정문에는 '남성정밀주식회사' 간판이 달렸지만, 현장에는 각 반별로 각기 다른 간판 10개를 달 수 있었다. 결국 소사장 중심으로 부품과 원재료 소유를 주장하며 집달관들이 절대 손대지 못하게 하라고 여러 차례 교육과 예행연습까지 했다.

아니나 다를까. 꼭 일주일 후에 더 많은 인원으로 팀을 꾸려 김해 경찰이 아닌 창원 경찰과 함께 들이닥쳤다. 이번에는 내가 적극적으로 상담에 임했다. '남성정밀의 재산은 부동산과 사무실뿐이다. 현장의 원재료와 부품, 완제품은 전부 소사장들의 것이며 그들의 사업장 등록증이 모두 여기 있으니 현장의 간판과 대조해 보라'고 했다. 그러자 그들은 더 이상 할 말이 없어 보였다. 그들의 압류는 곧 불법적 행위가 될 것이니 깨끗이 포기하고 돌아갔다.

그들의 집행내역은 이러하였다. 우리 회사가 특허침해를 했으므로 50억을 청구하며, 법원에 가압류 신청을 하여 30억 서울보증서를 제출하고 가압류 결정을 받아왔다. 참으로 어이없는 일이었다. 나중에 알고보니 이들은 법원 변호사사무실에 근무하던 사무장 출신과 경찰 출신 특허변리사 출신 등 조직적 사기꾼들이었다. 그들이 엉터리 서류를 만들어 가압류가 성공하면, 당장 다급해진 사장들이 공장 가동을 위해 합의요청을 하게 되고, 적당한 선에서 합의금을 받고 해제해 주는 방법이었다. 그야말로 전형적인 법률 브로커들 조직에 걸려든 것이었다.

이제부터는 내가 그들을 사기로 고소하였다. 소송은 즉각적으로 진행되었다. 괘씸한 특허 사기범으로 고소하였으니 곧 구속될 것이라 예상하였다. 그러나 소송은 일정이 있는지라 차일피일 늦추어졌고, 와중에 구속의 위험을 느낀 특허 사기범들은 새로운 모함으로 미꾸라지처럼 빠져나갈 궁리를 하였다.

세무조사

궁지에 몰린 그들은 이제 탈세 혐의로 나를 모함하여 국세청에 고발했다. '털어서 먼지 안 나랴' 하는 심산인 듯했다. 1998년 4월경이었다. 나로서는 또 한 번 날벼락을 맞은 것이다. 느닷없이 국세청으로부터 총매출액 300억 회사에 97억 가압류가 들어왔다. 모든 금융거래와 부동산과 기계 등에 압류가 가해졌다. 원인을 알 수 없는 가운데 당좌거래도 막혔다.

그날은 금요일이었다. 약 1개월 전에 부산 지방국세청 조사국장이 정년퇴임하고 우리 회사에 고문으로 계약한 지 약 1주일 정도 되었다. 나는 급해서 그분의 고문 역할에 기대를 걸고 급히 찾아서 국세청의 압류과정을 상세히 설명하였다. 몇 가지 질문을 주고받은 후 하시는 말씀이, "본인의 형님이 청장이라고 해도 이것을 해결할 수 없다. 이유는 만약 은행 현금을 해제한 후 사장인 내가 갖고 도망가면 청장과 국장이 전부 파면되는데, 누가 책임지고 압류해제를 하겠는가. 미안하지만 나는 불가하다고 단언한다."였다. 그래도 나는 포기할 수 없었다. 토요일과 일요일은 여러 가지 궁리를 해봤지만, 관공서는 휴무라 연락도 안 되었고 결국 대책 없이 월요일이 되었다. 이날 국세청 조사국과 징수국을 찾아다녔지만 모두 무책임한 소리만 할 뿐 진지한 답변을 내놓지 않았다.

회사에는 국세청 직원 9명이 조사를 하러 나왔다. 내가 국세청을 헤매고 있을 시간이었다. 그래도 곧장 회사로 들어갈 수는 없었다. 오전을 온통 허비하고, 오후 1시 30분이 되어 더 이상 어떻게 할 수 없다는 판단하에 막무가내 국세청장실로 뛰어 들어가 면담을 요청했다. 다행히 국세청장님은 피하지 않고 진지하게 내 말을 들어주었다. 약 90분 동안 전화와 손님을 뒤로 물리고 조용히 내 말을 경청했다.

국세청장님 앞에서 내 모습은 절실하다 못해 기괴했다. 눈은 빨갛게 핏발이 서고, 목은 쉬어서 말도 잘 되지 않고, 손발은 중풍 걸린 사람처럼 덜덜 떨고, 입술은 파랗게 질려 있었다. 그러나 나의 태도는 조금도 거짓 없이 진술했고 당당했으며 의연했다. 왜냐하면 회삿돈 한 푼도 고의 탈세 한 것이 없었기 때문이다.

나는 초지일관 분명했다. 나는 회사를 버리고 갈 곳이 없다. 꼭 가야 한다면 죽음뿐이다. 한 푼도 탈세를 한 것이 없으니 죽어도 회사 안에서 죽을 것이고 국세청 조사도 성실하게 받을 것이다. 당좌와 금융거래를 풀어서 회사를 살려놓고 조사해 달라. 죽은 기업 조사하면 뭐 하느냐. 나의 항변은 오로지 그것이었다.

국세청장님은 나에게 회사에 돌아가서 기다리라고 했다. 그러고는 바로 국장 회의를 소집했다. 하지만 나는 밤늦게까지 국세청 밖에서 기다렸다. 사실 어젯밤 우리 회사 국세(國稅) 고문을 찾아가 사정 얘기를 하니, 자신의 형님이 국세청장이라도 이것은 해결 못 한다고 했다. 만약 압류를 해제했다가 밤새 현금을 들고 도망이라도 가면 줄줄이 국세청 국장들이 잘리게 되는데 누가 책임지고 하겠느냐고 했다. 그 고문은 국세청 조사국장 직에서 퇴임한 지 1달 정도 되는 실력자였다. 그러니 더욱 초조할 수밖에 없었다.

기대 반 걱정 반으로 한참을 기다렸다. 시간이 흐를수록 기대는 사라지고 걱정만 늘어가던 중 밤 10시가 되어서야 연락이 왔다. 내일 자로 금융만 압류해제 될 것이라고 했다. 아니나 다를까, 다음 날 12시가 되자 각 은행에 압류되었던 현금들이 풀려 당좌가 정상적으로 돌아갔다.

그 후 심도 있는 국세청 조사가 시작되었다. 2개월간에 걸쳐 샅샅이 조사하고, 그것도 모자라 1개월을 연장하여 3개월 동안 조사가 이루어졌다. 그러나 국세청 조사가 시작되고 2개월 만에 안타깝게도 부도가 발생하고 말았다. 국가적 외환위기에 사기소송과 국세청 세무조사까지 겹겹으로 압박을 당하니 참으로 감당하기 어려운 시련의 결과였다. 하늘이 원망스러운 시기였다. 어느 절대자가 나를 극한의 시련 속으로 밀어 넣어 때리고 흔드는 것 같았다.

화의신청

부도 다음 날 경남지방법원에 화의신청을 했다. 법정관리로 가느냐 화의로 가느냐 무척 고민을 하다가 결국 화의신청을 했다. 다시 한번 이곳에서 일어서리라 다짐하며 재기에 박차를 가했다. 훗날 지나고 보니 그때 화의를 결정한 것은 매우 잘한 결정이었다. 마지막까지 포기하지 않았던 나의 결정은 얼마 지나지 않아 결실을 맺게 되었기 때문이다.

3개월의 세무조사 후 54억 원의 고지서가 날아들었다. 억울한 것은 뒷전이고 당장 돈이 없으니 국세 연기 신청과 불복소송을 병행했다. 3년간의 긴 투쟁이었다. 그러나 화의 인가가 난 가운데 사업은 순조로운 이익을 창출해 나갔다. 직원들도 한마음으로 똘똘 뭉쳐 협조를 하였고, 나 역시 혼신을 다했다.

드디어 국세심판소에서 재조사 결정이 내려지고, 부산지방국세청에서 재조사를 한 결과 54억 국세는 없어지고 오히려 7억 환급을 받았다. 이제는 날아갈 것처럼 홀가분해졌다. 모든 족쇄가 다 풀린 것 같았다. 그뿐이 아니었다. 외환위기, 사기소송, 세무조사 등 험난한 삼중고(三重苦) 가운데 중국 진출을 결정했다.

1999년은 중국 진출이 어려웠던 IMF 시기라 대기업도 속속 철수를 하던 중이었다. 그러나 나는 단돈 5,000만 원으로 중국 강소성에 투자 진출을 하게 되었다. 토지 대금, 건물 등 모든 것이 파격적으로 좋은 조건이었다. 좋은 일은 마치 어깨동무를 한 것처럼 연이어 다가왔다. 중국 진출은 법정관리가 아닌 화의신청을 한 것만큼이나 잘한 일이었다.

삼중고(三重苦)는 다시 기회

부도가 발생하고 가장 위험한 도전과 한 치 앞을 알 수 없는 악조건 속에서 인생의 대전환기를 맞이했다. 중국공장은 물론 한국의 공장도 많은 흑자를 기록하면서 순항했다. 외환위기로 인해 동종업체들이 거의 파산하는 바람에 독점을 누렸다 해도 과언 아니

삭발 투혼으로 견딘 부도 위기

었다. 또한 중국 업체와의 경쟁에서도 큰 어려움 없이 지나갔다.

정신없이 앞만 보고 달리다 보니 어느새 5년이 후딱 흘렀다. 화의를 계획보다 3년 빨리 졸업하고 정상적인 회사 운영이 시작되었다. 삼중고(三重苦)와 함께 달려온 지난 5년은 오히려 전화위복(轉禍爲福)의 기회가 되었다. 무릇 모든 '위기는 기회'란 말이 틀림없는 것 같았다. 이제 와 뒤돌아보면 다시 올 것 같지 않은 역동의 시절이었다. 마치 재갈 물린 필마(匹馬)가 되어 바람 부는 광야를 질주한 기분이었다.

머리카락을 빡빡 밀고 삭발 투지로 버텨낸 위기의 고비였다. 1999년 그 역동의 시절에 나는 득남(得男)을 했다. 이미 슬하에 딸 둘이 있었지만, 늦둥이 아들의 탄생은 분명 새로운 축복이라 믿었다. 바람 부는 광야를 아들과 함께 나란히 질주할 생각만으로도 어깨에 힘이 들어갔다.

: 『비즈니스 중국어』출간 동기 :

1998년 우리나라 경제는 최대 위기상황에 빠졌다. 국제통화기금(IMF)에 구제 금융을 신청해야 할 만큼 심각한 상황에 직면한 것이다. 환율이 50% 이상 상승하면서 원화의 가치가 떨어지고 수입 물가는 50%씩 폭등하였으며, 은행 대출은 중단되었는데 매출은 반 토막이 나는 등 그야말로 한국경제가 풍전등화와 같았다.

외국에 투자한 대부분의 기업은 대기업, 중소기업 할 것 없이 한국으로 철수하는 등 분주하고 위급한 상황이 계속되는 가운데, 우리 회사는 부도와 화의신청 중에 역으로 중국투자를 결심하였다. 그리고 이를 위해 첫 번째로 시작한 것이 중국어 공부였다. 인제대학교 어학당에서 2년 동안 중국어 수업을 받으면서 중국 투자를 실행하였으며, 덕분에 중국 근무를 하면서 50% 정도만 통역을 이용했다. 중국어가 능숙하지는 못해도 제대로 통역을 하는지는 알 수 있을 정도의 실력을 갖추었던 것이다.

중국어 공부에 매진하였을 때는 골프를 칠 때도 귀에는 중국어가 흘러나오는 이어폰을 낀 채였고, 차량으로 이동 중에도 틈새 시간을 활용하였다. 이렇게 중국어 공부를 하다 보니, 평소에 잘 사용하지 않는 단어나 문장에 너무 많은 시간이 낭비된다는 사실을 깨달았다. 그래서 평소 매일매일 사용하는 문장 중에 중요하다고 생각되는 것만 골라서 교재를 만들고, 이 교재를 이용하여 공부하면서 업무에 이용하니 중요도가 높은 단어와 문장을 반복하게 되어 상대가 무슨 말을 하는지 쉽게 알아들을 수 있었다. 또 어제 배운 문장을 오늘 다시 사용할 기회가 많아지고, 공부를 할 때도 내일 사용할 문장을 오늘 공부하는 효과가 있어 수업 내용을 훨씬 더 귀담아듣게 되면서 학습 효과가 대단히 좋아졌다.

이렇게 공부하기 위해서는 사용했던 문장으로 중심으로 매일매일 교재를 만들고, 그 교재를 녹음해서 듣고 따라 해야 했다. 이는 정말 좋은 중국어 공부가 되었고, 같은 문장을 항상 듣고 사용하니 그 효과는 놀랄 만하였다.

한번은 중국에서 정부 고위관리와 같이 골프를 하는 중에 늘 하던 습관대로 이어폰을 끼고 녹음된 중국어를 들었다. 그런 날이 반복되자 한번은 그 고위관리가 "귀에 이어폰을 끼고 무엇을 듣냐?"고 질문하기에 나의 귀에서 이어폰을 뽑아서 그의 귀에 끼워주었다. 그러자 그는 깜짝 놀라면서 자신은 음악을 듣는 것으로 착각했는데, 골프를 하면서도 중국어를 공부하는 것을 보고 감동을 받았다고 하였다.

그분은 나보다 10년 정도 나이가 적었다. 그는 '자신은 젊은데도 태만했다.'는 반성을 하고 그때부터 열심히 영어 공부를 하여 3년 후에는 영어를 유창하게 할 수 있게 되었다고 한다. 그분을 통해 나는 곤산의 자문위원으로 위촉되었고, 서로 많은 것을 돕는 신뢰 관계를 형성하게 되었으며 지금도 친하게 지내고 있다.

나는 이러한 일련의 사실을 몇 년 후 그분과의 저녁 식사를 하면서 알게 되었다. 그 고위관리가 나에게 감사 표시를 하면서 고백하였던 것이다. 나 또한 감사하다고 말하고 그분이 가진 경청의 지혜를 존경하게 되었다. 역시 사람은 환경의 지배를 많이 받는다는 것을 다시 한번 깨우치게 된 일화였다.

공부가 잘되니 언제나 기쁘고 즐겁게 중국어 학습에 힘쓰게 되었고 싫증을 느끼지 않고 계속하게 되었다. 이런 시간이 1년을 넘어가고 있을 때, 나의 사무실 책상 위에는 상당히 많은 중국어 교재가 쌓였다.

때마침 인제대학교 총장님과 중국어 교수님이 우리 회사에 들러서 책상 위의 중국어 교재를 보고,

"이 교재는 어디에 사용하는 것입니까?"

는 질문을 하였다. 이에 나는,

"매일 내가 배우는 말과 업무에 사용하는 말을 동시에 학습하니 효과가 참 좋습니다. 시중에 출간된 교재로 공부하는 것도 좋지만, 대학교에서도 자신이 매일 사용하는 단어를 문장으로 만들어 교재로 쓰고 녹음한 것을 같이 들으면 효과가 좋을 것 같습니다. 벤치마킹을 해보면 어떻겠습니까?"

고 권하니 참 좋은 방법이라고 칭찬을 하였다. 더불어 내 책상 위에 있는 교재를 활용하여 책으로 만들면 좋을 것 같다는 중국어 교수님의 충고를 감사히 받아들여 곧 출간을 진행하였고, 8년 이상 우리 직원의 중국어 학습을 돕고 서점에서의 판매가 이어지는 책이 완성되었다.

이 글을 통해 교수님과의 인연과 좋은 아이디어 제공에 너무나 감사드린다.

중국 투자의
결단

　1998년이었다. 한 번도 경험해 보지 못한 IMF 구제금융체제와 특허 사기와 강도 높은 세무사찰에 결국 부도를 피하지 못했다. 즉각 화의신청을 하여 회생절차에 들어갔으나 화의 중에는 일체 외부의 도움을 받을 수 없었다. 오로지 자력 회생의 길을 걸어야 했다. 금융기관으로부터 모든 도움을 거절당한 채 원재료 하나 구입하는 것조차 현금 없이 불가능했다. 따라서 신용은 추락하고 매출 역시 형편없이 뚝 떨어졌다. 도무지 이대로는 기업회생의 속도를 낼 수 없을 것 같았다. 그래서 오래전부터 생각하던 중국 진출에 대해 구체적으로 알아보기로 했다.

　그 당시 한국의 모든 기업은 해외투자 부분을 대부분 회수하고 철수하던 중이었다. 그러나 나는 바로 이때가 기회라 생각했다. 나의 계산으로 분명 채산성 있는 사업이었다. 한국의 매출이 50% 줄었으니 그에 해당하는 기계와 설비를 그대로 중국으로 이전하면 큰돈 없이 가능한 일이요, 건물은 중국에서 임대하면 되고, 기술 인력은 우리 직원을 보내면 되는 것이었다. 다만 운전자금이 문제였다.

중국 투자의 꿈은 점점 현실적인 문제에 부닥쳤다. 당장 돈이 없었고, 경험도 없었다. 오로지 넘치는 의욕과 남다른 승부욕이 전부였다. 그러나 나는 무엇보다 나 자신에게 믿는 구석이 하나 있었다. 바로 남다른 사업가로서의 '촉'이랄까 '감'이랄까 그런 싹수가 있다고 믿었다. 그 당시 남성정밀은 외환위기 아니라도 특허 사기를 비롯한 세무사찰 등의 삼중고(三重苦)에 시달리던 중이었다.

그러나 나는 실행주의자다. 마음을 먹었으면 어떻게든 행동으로 옮겨야 직성이 풀린다. 곧장 중국으로 달려가 투자를 타진했다. 다행히 3,500만 원에 공장을 계약할 방법이 있었다. 50년이 지난 낡은 건물을 중국 정부에서 수리해 주는 조건에, 월세는 1년간 유예하고, 공장 기계 담보로 상해 우리은행에서 운전자금 1,500만 원을 대출했다. 세계적 금융위기인지라 중국도 외자 유치에 공을 들이고 있던 중이었다. 그래서 전기, 도로, 통신, 수도를 정부 차원에서 무료로 해결해 주는 등 투자조건이 매우 좋았다. 심지어 개업식 때에는 정부에서 학생 악대(樂隊)와 학생 박수부대를 동원해 주기도 했다.

만사가 순풍에 돛단 듯 순조롭지만은 않았다. 체력이 바닥난 남성정밀의 중국 진출을 곱게 보아주지 않는 사람들이 있었다. 특히 어려운 회사 사정을 잘 아는 직원들 중에서 일부가 예민하게 반응했다. 혹 남아도는 인력을 정리하기 위한 수단이 아닌지, 그 정리대상인 자신을 해외로 쫓아버리려는 것은 아닌지 의심했다. 그러나 대부분의 직원들은 수십 년 동고동락한 사람들이라 소수 직원들의 오해를 모두 불식시킬 수 있었다.

중국투자는 조금씩 착착 진행되었다. 1998년부터 지금까지 어언 30년간 순항하며 이익 창출에 성공하였고, 이는 남성정밀이 자리 잡는 데 중요한 축이 되었다. 물론 여기서도 위기는 있었다. 2009년 미국의 금융위기와 세계의 금융위기로 이어지며 또 한 번 매출 감소와 적자를 겪어야 했다. 하지만 다행히 이마저도 잘 견뎌내었다.

중국투자에는 반드시 조심해야 할 것이 있다. 첫째로 도와주겠다고 나서는 교포를 무조건 믿으면 안 되는 것이다. 90%가 사기꾼일 가능성이 있다고 보면 된다. 현지 사정에 어두운 투자자들 대상으로 사기를 치는 사람들이 많다. 오로지 정부 관계자들과 함께 일을 추진할 것이며 그마저도 두 번, 세 번 확인해야 한다.

그동안 수많은 시행착오와 어려움과 사고를 견뎌내었다. 그때마다 정부 관리와 주변 사람들의 도움으로 위기를 넘기곤 하였는데, 그것은 오랜 세월 동안 그들과 끈끈하게 맺어진 인맥 덕분이었다고 생각한다. 평소 나의 경영철학대로 신용과 약속을 지키고, 모범을 잃지 않으며, 대소사를 잘 챙김으로써 신뢰가 형성되었기 때문이라 평가한다. 또 중국 현지에서 20년간 단 한 번도 월급 주는 날을 어기지 않았다. 그러한 전통이 신용을 얻게 했다고 본다.

기업 경영이란 대기업이나 중소기업이나 규모의 차이가 날 뿐이지 일맥상통하다. 가장 중요한 것이 인적 자원이다. 지나온 날을 뒤돌아보면 직원들이 가장 큰 자산이었다. 몇 번이나 넘어질 듯 위태로운 지경에서 오뚝이처럼 일어났던 힘의 원동력이 직원들이었다. 오늘날 가열화되고 있는 노사분규의 현장에서도 직원들의 소리에 귀를 기울여야 하는 이유이다.

그다음으로 오너의 신념이 중요하다. 모든 사람이 '안 된다', '무리다' 할 때, 오너의 신념은 빛을 발한다. 다행히 나 혼자의 신념으로 결정하고 추진하여 성공시킨 일들이 기업인으로서의 자부심을 갖게 한다. 그래서 이젠 어려움이 닥쳐오면 '이번에 또 전화위복의 기회가 왔구나!' 하고 용기를 낸다. 무모한 추진력은 위험을 자초할 일이겠지만 심사숙고한 신념이야말로 경영자의 남다른 촉이라고 본다.

: 해외투자기업 안전사고방지 :

1998년 해외 투자를 결정하고 기업을 경영하다 보니 전혀 예상치 못했던 큰 어려움이 닥쳤다. 우리나라에는 없는 제도, 우리나라에는 있는데 외국에는 전혀 없는 제도의 혼란이 기업의 존폐까지 걱정해야 하는 현실을 불러왔기 때문이다. 머리가 아파오기 시작했다. 여기저기 알아보고 코트라 대사관에 먼저 온 기업가들에게 자문을 해봐도 어느 누구 하나 자세히 가르쳐주는 사람은 없었다. 그 와중에도 사고는 연일 터지니, 불안해서 난감한 날을 몇 개월이나 보내면서 해결책을 찾는 데 골머리를 앓았다.

첫 번째 어려움은 모든 현금과 자산의 관리를 외국 사람에게 의존할 수밖에 없는 현실이었다.

부장이나 사장급은 한국 회사에 속한 직원이라 믿을 수 있지만, 책임자도 아래 담당자가 어떻게 상담하는지 말도 통하지 않고 속이면 속수무책으로 당하기 십상이었다. 어떤 담당자는 아예 돈 보따리를 들고 도망가거나 수금한 현금을 갖고 달아났고, 가격을 부풀려서 커미션을 받거나 저울과 수량을 속이는 방법도 한둘이 아니었다.

한두 명도 아니고 전 직원의 90% 이상이 이러한 것 같았으나, 증거가 없거나 직원도 한통속이거나 온갖 묘한 술책을 쓰고 퇴직해 버리니 심각하기 짝이 없었다. 이 나라는 사람 보증을 못 하게 하고 보증을 해도 국법으로 무효이며 사람 보증을 하는 보험회사도 없다. 한마디로 우리나라와 정반대의 국법인 것이다. 그렇다고 직원 모두를 한국 사람으로 채용할 수도 없었다.

이러한 고통 속에서 찾아낸 방법이 입사할 때나 근로 재계약을 할 때 초등학교 10명, 중학교 10명, 고등학교 10명, 대학교 10명의 동기생 명단과 친족 10명 기타 직장동료 10명의 명단까지 약 60명의 성명, 주소, 전화번호를 받아 만약 근무 중에 부정행위나 회사에 고의로 피해를 주면 그런 사실을 명단에 기재된 60명에게 알려도 좋다는 계약을 하는 것이었다.

이런 근로계약서를 작성하자 이후부터는 거짓말같이 회사가 조용해졌다. 입사 시에 이러한 계약 조건을 요구하면 불량한 사람은 아예 응시를 포기하니, 검증된 사람만 입사하는 일석이조의 효과가 있었다. 20년이 지난 지금에도 이러한 제도를 유지하여 비교적 큰 금전 사고 없이 경영을 할 수 있게 되었다.

두 번째 어려움은 우리 회사가 값비싼 황동 원료를 90%가량 사용한다는 것이었다. 하여 도난사고가 너무나 빈번하게 일어났다. 경비도 도둑, 감독도 도둑인 것 같았지만 증거를 찾기란 쉽지 않았다. 논, 밭, 강이 펼쳐진 공장 외부 환경을 이용하여 밤에 공장 안에서 밖으로 황동 재료와 제품을 던져 놓고 퇴근 후에 찾아가기도 하고, 심지어는 강에 던지고 다음 날 물속에서 건져가기도 하였다. 때로는 블록 담벽을 망치로 부수고 들어와서 훔쳐 가기도 하고 퇴근 시 호주머니에 넣어가기도 하니, 재료 유출 방법은 너무도 다양하여 예방책을 찾기가 쉽지 않았다.

이 나라는 인권침해에 엄격하여 퇴근 시에 종업원의 몸 검사와 호주머니 검사를 하지 못하게 한다. 이것이 현지의 법이다. 이것 또한 보통 골치 아픈 일이 아니고, 그렇다고 정부가 경찰에 조사를 의뢰해도 항상 오리무중으로 해결이 되지 않으니 사고는 점점 잦아진다.

그래서 찾아낸 방법이 담벽에 1m 간격을 두고 2중 벽을 만들어

도둑을 지키는 이중벽 속의 셰퍼드 개들

출퇴근 시 몸 검사 없이 자연스러운 검사 비결

중간에 사냥개 10마리를 기르는 것이었다. 밤에 사람이 나타나면 10마리의 개 짖는 소리가 마치 전쟁이 난 것과 같으니 이후 도둑이 얼씬도 하지 못하였다. 또한 정문은 완전히 잠그고 퇴근 후에는 출입금지하였으며 추가로 CCTV를 설치하였다.

탈의장은 작업복 보관 탈의실, 큰 샤워실, 출퇴근복 보관 탈의실로 구분하여, 작업복 탈의 후 샤워장에서 샤워 후 맨몸으로 출퇴근복 갈아입으러 갈 때 검증된 후, 출퇴근복을 갈아입도록 규정을 두었다. 이유는 건강을 위한 청결과 도난방지도 큰 도움이 되어 양쪽 모두 도움이 되어서 지금도 잘 운영되고 있다. 물론 감독자는 있다.

이렇듯 어려움이 있으면 반드시 길이 있고, 잘될 때에도 예상하지 못한 함정은 두루 있으니 하루도 마음 편한 날이 없는 것이 경영자의 환경이라 하겠다.

제2부

도전하는 인생

우리의 궁극적인 목표는 어떻게 죽을 것인가가 아니라
마지막까지 어떻게 살 것인가에 있기 때문이다.

사고는
다양하게

: 탄력적으로 생각하기 :

그동안의 모든 교육은 옳고 그름을 분명히 하는 데 초점을 맞춰왔다. 하나의 정답을 찾기 위해 O나 X로 답하거나 몇 가지 보기 중 하나를 골라야 하는 방법이다. 그러나 인생이란 그리 단순하지 않아서 하나의 답을 내놓기 어려울 때가 많다. 나쁜 사람과 좋은 사람, 옳은 일과 그른 일 등 이분법적으로 딱딱 구분하다 보면 사고가 경직되어 의견충돌과 불만이 쌓인다. 나 역시 그런 사고에 길들여진 사람이다.

유연한 생각을 가진 사람들은 남의 잘못을 이해하는 데 폭이 넓다. 틀린 것이 아니라 남과 다른 것임을 인정하므로 상대의 잘 못을 감싸주기에 인색하지 않다. 이런 사람들은 대부분 인간관계 와 사교성이 좋아 친구들이 많다. 자연히 화낼 일이 적으며, 이해 못 할 일도 별로 없어 보인다. 하나의 정답에 얽매이지 않으니 당 연히 그럴 수 있다. 나는 그 사람들을 보며 사고의 다양성에 대해 많은 관심이 생겼다. 인도네시아를 거쳐 파푸아뉴기니 어느 산골 마을에 간 적이 있다. 이곳은 부족의 추장이 살던 곳으로 식인문 화(食人文化)가 있던 곳이다. 부족 간에 전쟁이 나면 적군의 시신을 전리품처럼 거두어 음식으로 먹고, 부모가 죽어도 자식들이 그 시신을 나누어 먹는다고 했다. 그곳에는 식인문화의 조리도구와 조리방법 등이 전시되어 있었다. 심지어 사람의 해골로 만든 목걸 이도 걸려 있었다. 뉴기니 사람들은 그것을 문화와 유물로 자원화 시켜 관광유치의 수단으로 삼고 있었다.

실제로 그곳을 둘러 본 직후에는 문화적 충돌에 깜짝 놀라지 않을 수 없었다. 원시인의 미개한 모습을 상상하며 나도 모르게 소름이 쫙 돋기도 했다. 그러나 안내원의 설명을 듣고 나니 새로 운 인식과 함께 '아, 그럴 수도 있겠구나.' 하고 수긍하게 되었다. 그들은 자기들의 신앙에 근거하여 인육(人肉)을 먹은 것이다. 불교 의 윤회설과 비슷한 것으로 시신을 개가 먹으면 개로 환생하고 사 람이 먹으면 사람으로 환생한다는 믿음이다. 그들은 부모나 자식 이 죽으면 사람으로 다시 돌아오길 기원하며 인육을 먹었고, 용 맹스러운 전사(戰士)의 인육을 먹으면 그 전사(戰士)의 용맹성이 내 속으로 들어와 부족을 지킨다고 믿었다. 그들의 식인행위는 그들

나름의 인간으로서 존엄이며 자식 된 도리요 효도의 실행이기도 했다.

또 뉴기니 사람들은 남의 여자, 남의 아내를 탐내거나 간통할 경우 사형에 준하는 엄한 벌로 다스렸다. 이미 간통죄가 사라진 우리에 비해 어쩌면 그들은 자신들만의 신앙과 엄격한 집단질서로 부족을 잘 이끌어 나갔다고 볼 수 있다. 그런 설명을 들으며 문명과 미개를 생각하는 내 사고에 작은 흔들림이 시작되었다.

또 그즈음에 영국의 어느 마을에 들를 기회가 있었다. 그곳에는 부모 형제가 죽으면 춤추고 노래하며 장례를 치른다고 했다. 죽음은 분명 슬픈 일인데 초상집에 모인 사람들이 모두 울고 불고 한다면 슬픔은 더욱 커지지 않겠는가. 그래서 평소 고인이 좋아하던 노래를 함께 부르고 춤추며 애도한다고 했다. 이 또한 오랜 나의 고정관념을 흔들었다.

여행을 마치고 돌아온 나의 사고에 변화가 일기 시작했다. 다소 철학적이긴 하지만 어떻게 생각하고 어떻게 실행해야 하는지에 관심이 생기게 된 것이다. 다양한 인문학의 경험이 내 사고의 수준을 향상시킨 것이 분명한 것 같다. 그동안의 단순한 이분법적 사고를 벗어나, 다양한 정답을 두고, 유연하게 대처함으로써 인생을 여유롭게 보내고 싶다는 생각이다. 그렇게 하면 나도 나이만 먹은 할배가 아닌 꽤 괜찮은 어른이지 않을까 생각해 본다.

: 개명(改名), 박실상이 박희망이 되다 :

100세 시대를 살면서 나의 삶에도 계획서가 있었으면 싶었다. 남들과 좀 다른 삶을 살아왔다는 생각과 앞으로 어떻게 살아야 하겠다는 나름의 비전을 만들어 보는 것으로 약속과 다짐을 묶어 2012년 12월 30일, 2050년까지의 나의 계획서를 짰다. 지금까지 악기 배우기, 조기축구, 달리기 등 개인적인 성취와 연년이 해오는 남성정밀의 야간 100리 길 걷기 행사가 힘을 실어 주었다.

먼저 100세 시대 건강계획서를 발표하고 매년 연말에 건강계획서가 잘 실현되었는지, 또 다음 해는 어떤 계획서를 발표할 것인지에 골몰하다 보면 항상 연말이 분주해진다. 잘 지켜나가기 위해 선서문을 만들고 가족에게나 주변에 발표를 함으로써 책임감을 갖게 되어 실천에 박차를 가하게 된다. 그러던 중 2014년 말에 '아, 나의 이름부터 젊고 희망찬 것으로 변경해야겠다.'는 생각이 들었다. 무엇보다 새로운 일을 배우고 도전을 하기 위해서 내가 내 다짐을 걸어야 할 나의 이름부터 젊고 생동감이 넘치며 새로운 바람을 불러일으키는 것으로 변경하고 싶은 마음이 간절해졌다. 지금까지 부모님이 지어주신 이름으로 문중의 항렬자에 따라 부끄럼 없이 살아왔으니 그 이름에 작은 마침표를 찍어도 괜찮을 것 같은 자부심도 함께했다. 손자들의 이름을 지을 때처럼 수많은 글자를 찾고 고른 중에 희망이라는 단어에 마음이 꽂혔다. 빛날 희(熙), 바랄 망(望), 熙望!! 희망보다 더 좋은 것이 없다 싶었다. 고생은 희망의 종자가 되고 자꾸 희망을 부르다 보면 희망적인 생각이 온통 나를 감쌀 것 같다.

2014년 11월 5일, 법률사무소에 가서 상담 재판을 거치고 정식으로 호적등본에 내 이름 박희망을 등재하였다. 그리고 내 이름으로 된 소유물과 필요한 서류 전부에 대한 등기변경 등 자잘한 일을 처리하였다. 번잡하고 많은 시간을 소요했지만 지금 생각해보아도 무척 잘한 일 중의 하나인 듯해서 나의 결정이 흐뭇하다. 이제부터 나는 박희망이다.

희망아! 아자!
박희망!! 파이팅!

신체는
균형 있게

: 수영을 통해 발견한 신체의 불균형 :

어느 날 수영장에서 수경(水鏡) 없이 잠수를 하고 헤엄을 쳤는데 평소와 달리 매번 목표지점에 바로 가지 못했다. 물속에서 눈을 뜰 수 없어 그랬는지 막상 물 위에 올라와 보면 목표물보다 약 45°쯤 우측 지점에 떠올라 있었다. 참고로 나는 오른손잡이다.

참 이상하다고 생각했다. 왜 매번 우측 45°쯤 다른 방향으로 나아갈까? 그러다 우연히 정형외과에서 어깨치료를 하다가 수영장에서의 이상한 경험에 대해 물어 보았다. 그것은 눈을 감고 잠수를 하면 오른쪽 팔의 힘이 좋으니 자신도 모르게 우측으로 굽어지기 때문이라고 했다. '아, 나도 모르는 사이 내 몸이 불균형해졌구나.' 하고 약간 놀랐다.

그러면 다시 몸을 균형 있게 할 수 없느냐고 물으니 대답은 간단했다. 여태까지 하던 동작이나 생각을 반대로 하거나 출발을 왼쪽부터 하면 조금씩 몸과 마음을 되돌릴 수 있다고 했다. 예를 들어 왼손으로 밥 먹기, 걸음을 걸을 때 좌측부터 출발하기 등을 하면 우측 뇌가 발달하고 자연스레 감성도 함께 발달한다고 했다.

오른손잡이가 우측 편향적 행동을 함은 당연한 일이다. 또 왼쪽을 관장하는 뇌가 조금 덜 발달해도 사는 데 별 지장이 없다. 그렇기 때문에 의사의 말을 예사로 들어 넘길 수 있는 문제다. 그러나 나에게는 그럴 수 없는 이유가 있다. 가족력이 있기 때문이다. 바로 큰형님이 갑작스런 중풍으로 신체 일부를 못 쓰셨다. 평소 아주 건강하게 생활하시던 분인데 우측 머리부터 좌측 손발에 마비가 왔다. 그 원인 중 가장 비중이 컸던 부분이 바로 우측 머리와 좌측 팔다리의 퇴보라는 것이다.

소중한 가족의 불행이었기에 경각심을 가질 수밖에 없었다. 조금씩 좌측 신체 건강과 우측 뇌 건강, 균형의 중요성 등에 대해 나름의 연구를 하게 되었고, 여러 전문가의 조언을 들으며 실천하였다.

: 몸의 밸런스를 맞추기 위해 :

처음으로 시작한 왼손으로 밥 먹기는 꽤 어려운 일이었다. 식사 시간이 오래 걸리고 동작이 섬세하지 못해 좀 더 빠르고 정확한 젓가락질을 위한 훈련이 필요했다. 그래서 콩 옮기기를 시도해 보았다. 두 개의 그릇을 준비하고, 한쪽 그릇에 약간의 검은콩을 담은 후 왼손 젓가락질로 옮겨 담는 것이다. 의외로 상당한 성과가 있었다.

다음으로 검은깨를 옮겨 보았다. 콩을 옮기는 것보다 또 한 차원 발전했다. 그래도 부족하다고 느껴 새로운 방법을 강구했다. 꼬물거리는 개미를 몇 마리 잡아 콩 대신 옮겨보았다. 그러자 예상하지 못했던 현상이 나타났다. 고정되어 있지 않고 유동적으로 움직이는 개미는 힘의 강약과 속도 조절을 요구했고, 콩이나 깨를 옮길 때보다 더 몰입하고 집중하게 만들었다.

이렇게 몇 개월을 노력 하고 나니 젓가락과 숟가락의 동작이 다소 쉬워졌고, 식사 시 음식물을 흘리는 일이 거의 없어졌다. 수십 년간 몸에 익은 오른손의 자유로움과 비교할 수 없지만, 확실하게 느껴지는 신체의 변화는 좀 더 적극적인 노력을 해볼 계기가 되었다.

이제 콩이나 개미 같은 수동적 공간이 아닌, 일상생활 습관 자체를 바꿔보기로 했다. 왼손으로 칫솔질하기, 화장실 사용 후 왼손으로 뒤처리하기, 왼손으로 구두칼 사용하기(처음 할 때는 팔과 옆구리에 상당한 통증을 느낌), 계단 오를 때 왼쪽 발 먼저 내딛기 등의 우측편향 습관을 반대로 해보기로 했다.

계단을 오를 때 주로 오른발이 먼저 올라가 힘을 주면 왼발은 힘들이지 않고 따라 올라가게 된다. 이것을 반대로 왼발이 먼저 올라가게 하면 왼쪽 다리의 근육운동에 상당한 도움이 된다. 마찬가지로 보행 시에도 왼쪽 발에 축을 두고 첫걸음을 먼저 내디디면 왼쪽 다리가 건강해진다. 옷을 입을 때도 왼쪽 팔이 상의 옷소매에 먼저 들어가도록 하고, 운동을 할 때도 왼쪽이 우선되어야 한다.

하지만 이런 노력들은 좌측 사용을 하기 어려운 사회적 여건 때문에 한계에 부딪히게 된다. 대표적으로 자동차 운전은 구조적으로 왼쪽 발과 손을 쓸 수 없게 되어 있다. 그럼에도 불구하고 좌측 사용을 실행한다면 우측 뇌와 몸의 균형에 상당한 도움이 될 것은 분명하다. 그러나 교통안전의 문제가 따르니 적극적으로 권할 일은 아니다. 다만 생활습관을 바꾸어 좌측 신경과 우측 뇌를 좀 더 자극할 일이다.

: 새로운 자극으로 정서적 균형을 :

그즈음 취미활동으로 춤을 배우기 시작했다. 내 생애 처음으로 시도한 일탈이었다. 언제 한 번이라도 이런 활동을 해보리라 상상한 적 없지만, 오른쪽 왼쪽을 바꾸어 우뇌 좌뇌가 균형발달 한다면 이제껏 해보지 못한 일탈이야말로 정서적 균형 맞추기가 될 것이라 생각했다. 그다음으로 악기(트럼펫)를 배웠다. 콩나물 대가리도 잘 모르는 내가 악보를 보고 손과 호흡을 맞추어야 했다. 조금만 어긋나도 음 이탈이 나므로 눈과 손과 입술의 움직임을 정교하게 해야 했다. 이 또한 많은 에너지 소모가 필요한 것이었으나, 연습 후에는 피로가 풀리고 몸에 생기가 돌았다.

춤과 악기를 배웠으니 이제 노래를 배우기 시작했다. 어릴 적부터 100명이 노래를 부르면 99등도 아닌 100등만 하였는데, 춤과 악기를 익히고 노래를 하니 100명 중 70등 정도는 하게 되었다. 사소한 변화로 보일 수 있겠지만 객관적 평가에서 내 체질이 개선되어가고 있는 증거라 생각했다. 평소 활용을 하지 않아 개발되지 못한 여러 가지 감각 기능이 조금씩 움직이기 시작했다고 믿었다.

운동장을 달릴 때에도 대부분의 사람들은 한 방향으로 돈다. 그러나 나는 시계방향으로 또는 반대방향으로 돈다. 앞으로 달리고 또 뒤로 달리고, 우측으로 뛰고 좌측으로 뛴다. 같은 다리 운동이라도 움직이는 방향이 다르니 근육 발달도 각각 달라 골고루 알맞아진다. 이처럼 알맞게 골고루 운동을 하면 뇌 속의 세포가 균형발달 한다. 각기 다른 기능을 가진 세포가 균형 있게 발달하면 우울증이나 치매의 위험이 줄고 기억력 향상으로 이어진다.

대부분의 사람들은 자신이 잘하는 것을 평생 즐긴다. 축구선수는 평생 축구를 즐긴다. 탁구선수는 탁구만 즐기고 골프 좋아하는 사람은 골프만 즐긴다. 이럴 경우 축구만 하면 축구 뇌가 발전하고 탁구만 하면 탁구 뇌만 발전한다. 기타 뇌는 상대적으로 빨리 퇴보하는 수밖에 없다. 이는 오른손잡이가 평생 우측 편향적 행동을 하며 살다가 우측기능만 발달한 것과 같다.

나이가 들면 더욱더 그렇다. 자기가 좋아하거나 늘 접하는 분야에 대해서는 즉각 반응하여 금방 이해한다. 그러나 평소 관심이 없거나 낯선 분야의 말을 하면 이미 그쪽 뇌는 빈사 상태가 되어 알아듣지 못하고 자기주장만 한다. 나이가 들면 안 쓰는 쪽 뇌의 기능이 급속히 퇴보하고 잘 쓰는 쪽 뇌의 세포는 너무 강해져서 잘 아는 쪽으로만 고집을 부리고 의사 불통이 되며, 치매가 와 결국 사회로부터 고립되거나 우울증을 앓게 된다. 그래서 나이가 들수록 수십 년 하지 않던 반대 운동을 하고, 평생 못해본 새로운 것을 배우고, 잠자던 신경을 깨워 신체균형을 맞추면 좋다.

어릴 적부터 체질화된 말과 행동은 이를 지배하는 뇌세포도 강하게 훈련되어 있다. 이미 습관이 된 힘센 세포를 이기려면 새로운 말과 행동을 장시간 반복하여 기존 뇌세포를 능가해야 건강한 습관이 되는 것이다. 그리하면 새 습관은 비로소 자기 것이 된다.

예를 들어 부모가 자식들의 행동이나 식성 등을 바꾸기 위해 제시하는 선지식의 요지를 보자. 젊은 자식들은 잘 따라 하지 않는다. 부모가 똑같은 말을 두 번만 하면 늙은이 잔소리라고 핀잔하기도 한다. 이럴 때 이미 두뇌에 자리한 강한 세포를 바꾸기 위해 끊임없이 함께 깨우쳐 주어 부정적인 세포를 딛고 따르게 해야 한다는 것이다. 그래서 어릴 때 습관을 고치고 바꾸기는 쉬우나 나이가 들면 점점 고치기가 어려워지는 것이다.

부정적인 사람은 부정적인 말과 행동을 지배하는 뇌세포가 강하다.

이 세포를 이기려면 거듭거듭 긍정적인 말과 행동으로 부정적인 뇌세포를 제압해야 한다. 이는 한번 행한다고 해서 잘 고쳐지지 않는다. 처음부터 지배하고 있던 허약한 세포를 단련하기 위해서는 감사와 긍정적인 사유의 실천을 수행처럼 할 수 있어야 한다. 이렇게 뇌세포가 서로 상생하는 호환성이 뛰어나면 창의력도 또한 크게 발전한다.

하버드 대학에서 치매의 가장 효과적인 운동은 뒤로 걷기라는 연구 결과를 발표한 적 있다. 신체의 균형감각과 뇌 건강이 매우 밀접하다는 이야기다. 그래서 평소의 운동은 좌우 모든 기능을 활성화시키기 위한 운동이어야 한다. 좌측 기능 살리기, 낯선 자극을 통해 잠자는 기능 살리기 등 모든 운동은 '알맞게 골고루' 하므로 심신의 균형을 이룰 수 있다.

그래야만이 극기가 되고 두뇌의 호환성이 활발해져 치매 등에서 자유로울 수가 있는 것이다. 우리의 궁극적인 목표는 어떻게 죽을 것인가가 아니라 마지막까지 어떻게 잘 살 것인가에 있기 때문이다.

: 탁구 예찬 :

수영을 하다가 발견한 신체의 불균형을 바로 잡기 위해 부단히 노력하였다. 중풍으로 생을 마친 형님의 전력이 생각났고, 오른쪽으로 편중된 나의 오랜 습관이 마음에 걸렸다.

그래서 왼쪽 단련하기에 한동안 시간을 보냈다. 왼손으로 젓가락질하기는 콩에서 깨, 다시 움직이는 개미를 집으면서 노력했다. 다시 생활습관 교정을 위해 왼손으로 칫솔질하기부터 일상에서 하던 오른손의 행위를 가능한 한 왼손으로 옮겨 실천하였다.

어느 날 아들과 캐치볼을 하다가 어깨가 탈이 났다. 나는 여전히 오른손잡이이다 보니 오른쪽 어깨의 통증이 불편하고 참기 어려울 만큼 심했다. 한의, 양의 할 것 없이 치료를 위해 오랜 시간 병원을 드나들었으나, 고통은 고통대로 회복하기까지 3년이 걸렸다.

3년의 치료기를 보내면서 탈이 난 오른쪽보다 완전하지 못한 왼쪽을 단련해 보기로 마음을 먹고 이를 전화위복의 기회로 삼기로 했다. 기왕에 양쪽 신체를 다 단련하기 위해 노력을 했으니 왼쪽을 더 단련해 보자는 오기가 생겼다.

많은 운동을 섭렵했지만 비교적 기구가 가볍고 기후 제약을 덜 받으며 실내운동인 탁구를 배우기로 하였다. 그것도 오른손이 아닌 왼손으로 치는 탁구를 배워보기로 했다. 처음엔 불편하고 불안하여 자꾸만 오른손이 불쑥불쑥 나가 애를 먹었다. 그러나 시간이 갈수록 왼손이 제 역할을 하는 것에 쾌재를 부르며 3년을 보냈다. 지금은 오른손보다 잘할 수 있는 유일한 것으로 탁구를 꼽는다. 아니 오른손으로는 아예 탁구를 잘 칠 수가 없다. 나의 탁구는 사우스포라고 자신 있게 말한다. 탁구로 하여 변방으로 치부한 왼쪽으로도 무엇인가를 잘할 수 있다는 큰 용기와 희망을 품게 되어 그날의 부상이 내심 고맙기도 하다.

탁구를 익히면서 나름 갖게 된 자부심이 있다. 앞으로 나이가 들면 모든 운동에 제약을 받을 것이다. 산을 오르기에 무리가 있을 것이고, 수영을 하기엔 차가운 물에 거부감이 들 수도 있을 게다. 달리기에도 긴 페이스에 나이가 걸림돌이 될 것도 같다. 그러나 탁구는 남녀노소 누구나 가볍게 다가갈 수 있으며, 기구 사용이 용이하다고 생각한다. 사용하는 라켓과 공은 작고 가벼워서 휴대하기에도 편하거니와 가격도 그리 비싸지 않다. 또한 실내 운동인지라 춘하추동 바람이 불거나 비가 와도 자유롭게 할 수 있고 전국 어디에나 동호인이 많아 함께 할 상대를 쉽게 만날 수 있다. 무엇보다 나이에 별 구애가 없이 적당한 실력 수준이면 호불호 없이 운동으로 즐길 수 있다. 운동에 드는 비용도 저렴하고 집 가까이에 있는 탁구장을 이용하면 100세 시대 운동으로는 그저 그만 아닌가 싶다.

내 나이 80세, 90세가 되어도 아들과 딸, 손자를 더불어 탁구를 치고 있는 내 모습이 싱그럽게 그려지는 오늘이다.

명상은
끈기 있게

: 생각은 부드럽게 :

1999년 회사가 부도나고, 30여 년 고군분투한 내 인생이 바람 앞의 촛불이 되었다. 기약 없는 앞날을 바라보고 있으려니 머리가 터질 듯 아프고, 잠조차 제대로 이룰 수 없어 점점 온몸이 피폐해져 갔다. 사업상 일어났던 여러 가지 일들, 나를 괴롭혔던 사람들, 해결의 기미가 보이지 않는 일들이 온 뇌리를 지배했다. 원망과 울분으로 보내는 하루하루가 고통의 연속이라 무슨 수를 써서라도 헤어나야만 했다. 그러나 점점 나락으로 빠져드는 나를 제어하기 어려웠다.

두통은 도를 넘어 머리가 쪼개지는 것 같았다. 이대로는 도저히 살 수가 없어 종교에 의지해보기로 하고 스님을 찾아갔다. 나의 하소연은 길었고 스님의 대답은 간단했다. '잊어라, 기도하라'였다. 이런 난감한 일이 있나! 잊고 싶어도 머리에서 떠나지 않고, 기도를 하려 하면 미운 사람 괘씸한 사람이 먼저 떠오르니 스님의 처방은 별무효과였다.

그러던 어느 날 번뜩 떠오르는 생각이 있었다. 바로 명상이었다. 명상을 하되 좋았던 일, 기뻤던 일, 즐거웠던 일들을 집중적으로 떠올리는 것이다. 마치 파노라마를 펼치듯 그 순간들을 되살려낸다면 원망과 원한으로 점철된 마음에 잠시나마 위안이 찾아올 것 같았다. 그다음 날부터 기도를 명상으로 바꾸었다. 기도 시간에는 그동안 이루기 어려웠던 여러 가지 소망을 생각했으나, 명상시간에는 꿈같이 행복했던 지난날을 떠올리거나 아름다운 모습을 생각하게 되었다.

진해의 벚꽃, 섬진강의 매화, 내장산의 단풍, 제주도의 유채화, 백양산의 단풍, 덕수궁과 비원의 단풍, 금강산의 풍경, 백두산 천지의 설경, 나이아가라 폭포, 중국 황산의 비경 등의 멋진 풍경을 차례로 떠올려 감상했다. 그러면 어느새 1시간이 후딱 지나가고 괴로운 마음이 조금씩 회복되는 것 같았다. 원망과 회한으로 가득하던 머릿속을 즐거움과 아름다움으로 채우니 죽을 것 같던 두통이 서서히 사라져 갔다. 머리가 시원하니 일상이 살 만하고, 새로운 미래를 재설계할 의욕도 살아났다. 명상이 이렇게 멋지고 즐거운 시간이 될 줄은 미처 알지 못했다.

내장산 단풍

좋은 것을 생각하면 좋은 생각 세포가 활성화되어 온몸의 컨디션이 좋아진다. 반면에 나쁜 것을 생각하고 불평만 하다 보면 불만 지배 세포가 활성화되어 늘 피곤하고 불쾌한 상태로 살게 된다. 좋은 것과 즐거운 것을 상상하면 그 자리에 고통과 번민이 들어서지 못하는 이 자연스런 이치를 나 스스로 깨치게 된 것이다.

그동안 여러 사람들이 지난날의 원망을 무조건 잊으라고만 했다. 심지어 명상지도자들조차 모든 고통을 잊으라고만 다그쳤다. 그것이 안 되어서 이렇듯 괴로운 사람에게 무조건 잊으라니, 그들의 가르침은 나에게 모두 무용지물이었다.

깨우침은 찰나였다. 고통은 필요를 불렀고, 필요는 성공의 원심력이었다. 그토록 죽을 것 같은 두통이 없었다면 명상의 치유를 경험하지 못했을 것이다. 그 후 명상은 내 삶의 일부가 되었다. 어언 20년 넘어 앞으로도 쭉 생명 있는 날까지 나의 명상은 즐거울 것이다.

명상의 즐거운 발전

명상을 시작한 지 오랜 시간이 흘러갔다. 자연히 명상에도 품질 향상이 뒤따른 것 같다. 가령, 붉은 장미나 찬란한 태양을 상상하면 몸이 따뜻해지고, 눈 덮인 경치나 폭포수를 보면 몸이 서늘해지는 것처럼 명상도 알맞게 업그레이드시키는 것이다. 즉 내 신체의 리듬에 따라 명상을 즐겁게 조절하면 효과는 배가된다. 또는 하루에 이 모든 것을 병행한다. 하얀 벚꽃을 보고 노란 유채꽃을 보고 흰 폭포를 보고 검은 금강산의 기암괴석을 보고 푸른 강이나 바다를 보고…. 때로는 촛불을 바라보면서 할 때도 있다. 이 방법은 집중력이 필요한 경우에 시도하면 효과적이다.

간혹 욕탕에서 좌욕과 함께하기도 한다. 특히 땀낼 일이 별로 없는 겨울철에 즐기는 방법이다. 처음에는 쉽지 않다. 그러나 익숙해지면 방에 앉아서 하는 것보다 훨씬 효과적이다. 땀을 흘리고 나면 혈액순환이 잘 되어 온몸이 따뜻해지고, 흘린 땀만큼 수분 보충을 하므로 신진대사와 이뇨작용이 일어난다. 그래서 피부는 물론 발뒤꿈치 각질까지 개선된다. 명상과 동시에 건강을 챙기는 방법이다.

한쪽 다리 들고 하는 명상(학 다리 명상)

명상을 하면서 피할 수 없는 세 가지 큰 어려움이 있었다. 이것은 나뿐만이 아니라 명상하는 모든 사람의 공통된 어려움일 것이다. 명상 중에 잡생각이 들락거리는 것, 졸음이 오는 것, 좌선으로 인한 허리와 등과 무릎의 통증이다. 고요히 눈을 감고 명상에 빠져들려고 하면 어느새 생쥐처럼 잡념이 들어온다. 미운 것, 고운 것들이 몰래몰래 들락거려 집중하기가 쉽지 않다. 또 몰아내기 힘든 졸음이 도둑처럼 들어와서 디딜방아를 찧어대곤 한다. 가부좌를 틀고 앉아 머릿속에 든 생쥐를 쫓아 다니다가, 디딜방아를 찧고 있는 도둑과 실랑이하다 보면 어느새 허리도 아프고 등도 아프고 무릎도 아프다.

어느 날 문득, 정말 번개처럼 떠오르는 아이디어가 있었다. 한쪽 다리로 서서 명상을 하는 방법이다. 어쩌면 엽기적이라 할 수 있지만 내 말 듣고 한번 따라 해 보시길 바란다. 그동안 아무도 해결하지 못한 세 가지 어려움이 동시에 해결될 것이다.

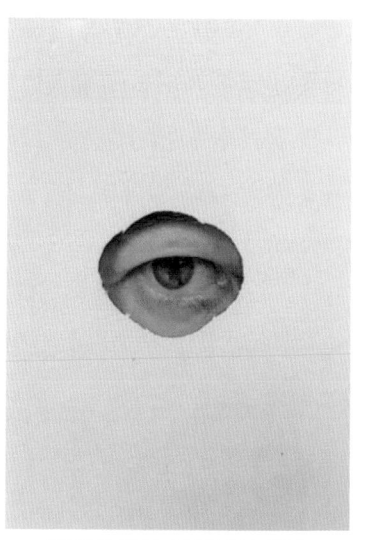

학다리 명상 시 집중을 위해 자신의 눈동자 사진을 벽에 부착, 눈동자에 집중

우선 일어선 채로 한쪽 다리를 손으로 잡고 한쪽 다리로서 보시기 바란다. 처음에는 1분도 하기 힘든 동작이다. 그러나 1년쯤 하고 나면 한쪽 발로 30분 이상 넘어지지 않고 서 있게 된다. 그다음, 시선을 위로 향해 가만히 응시한다. 실제 눈높이보다 75° 정도 위라면 더욱 좋다. 좌·우측을 번갈아 꾸준히 실행하게 되면 양쪽 뇌를 고루 발달시켜 신체의 퇴보된 기능까지 향상시킬 것이다.

또한 입으로는 '나는 할 수 있다'를 1분에 70번, 30분에 2,000번을 매일 말한다. 다짐 문구를 바꿔도 좋다. '내 눈 좋아진다' 또는 '내 귀 좋아진다'를 매일 2,000번씩 반복하면 1달에 60,000번, 1년이면 12만 번을 다짐하게 된다. 이것이 자신감이다. 이러한 이치는 종교에서 기도나 염불, 특히 '아멘'을 하는 것과 같은 이치다. 간절함과 절박한 마음을 담아야 하며, 실제로 눈이 좋지 않거나 다리가 병이 생겼을 때 해야 한다. 필요를 느끼지 않는 상태에서는 효과가 크지 않을 것이다.

이 명상운동은 고도의 집중력이 요구된다. 한 곳에 집중하지 않거나 잡념에 빠지면 금방 넘어진다. 또 잠시 졸아도 넘어진다. 따라서 근력운동과 평형운동 효과로 무릎관절과 등허리 근육이 좋아질 뿐 아니라 평형감각도 늘 것이다. 그야말로 일석삼조(一石三鳥)를 넘어 그 이상이다.

운동은
즐겁게

: 전국육상대회 우승 :

- 70대 부문 1위

매일 아침 축구와 함께 육상을 한 지가 40여 년이 되었다. 서른
살 무렵 하도 몸이 허약하여 곧 죽을 것 같은 위기감에 어떻게든
살아야 한다는 몸부림으로 시작한 것이다. 그러나 이제 떼려야
뗄 수 없는 일상이 되었다. 어쩌다 출장을 가게 되어 특별한 이유
로 미처 운동화를 준비하지 못하였다면 맨발로라도 숙박지 근처
를 달리곤 했다.

그전에는 키 170㎝에 체중 57kg으로 비리비리한 저체중의 약골

이었다. 게다가 위장이 나빠 걸핏하면 설사를 해대니 보신탕, 지렁이탕, 자라탕 등 백약이 무효였다. 살기 위해서 먹는 것이 죽는 것처럼 괴로울 따름이었다. 그처럼 먹기 싫은 건강탕과 사투를 벌여가며 살아가자니 삶의 질이 한없이 떨어짐은 당연하였다. 그러나 지금은 그것들과 영영 이별을 하고도 잘만 살아간다.

김해로 이사를 한 후 조기축구팀 축사모 회원이 되었다. 매일 축구와 육상을 병행한 지 20년가량 되었을 무렵 임외호 축구선수가 들어왔다. 그의 포지션은 오른쪽 윙이고 나는 왼쪽 윙이다. 축구에 있어서 윙은 가장 빠르게 달려야 하고 많이 달려야 하는 포지션이다. 임외호 선수의 나이는 40대이고 나의 나이는 70대이다. 게다가 모든 기량이 그에 비해 부족하다 보니 죽을 둥 살 둥 달려야 보조를 맞춘다. 그래서 언제나 숨 가쁘게 열심히 따라 달린다.

그는 축구 외에 전국 육상경기에 출전하여 여러 번 우승을 했다. 100미터와 200미터에서 우승을 한 그가 퍽 자랑스러워 보였지만 나와는 무관한 일이라 여겼다. 그런데 내 나이 69세 되던 해에 임외호 선수로부터 '70세 종목에 한 번 도전해 보라'는 권유를 수차례 받게 되었다. 경남의 70대 우승 기록과 전국대회의 기록을 살펴보면 충분히 가능하다는 격려도 아끼지 않았다. 무슨 일이든 용기를 내는 것이 중요했다. 그때부터 본격적으로 육상 100미터와 200미터에 도전하기 하기로 하고 연습에 돌입했다. 신발을 비롯한 장비 구입은 물론 육상의 여러 가지 기술에 대해서도 배우고 익혔다.

처음에는 경상남도 대회에 출전하여 기량을 키워나가기로 했으나 여러 가지 사정이 겹쳐 다음 해 대구에서 열리는 전국육상대회에 선수 등록을 하게 되었다. 덕분에 준비 기간이 2년으로 늘어나게 되었다. 무엇보다 다행한 것은 임외호 선수의 지도와 도움이었다. 그의 전문적인 지도와 중간 역할 덕분으로 70대의 나이에 육상대회 출전을 하게 되었다. 실로 모험 그 자체임에 틀림이 없었다. 평생 약골로 비실거리던 내가 육상선수가 되다니. 그것도 70대의 나이에.

드디어 그날이 되었다. 2016년 7월 17일 새벽 6시에 다른 선수들과 합류하여 대구로 향하는 버스에 올랐다. 한여름이라 무척 더운 날씨였지만 처음 해 보는 출정이라 더위도 아랑곳없었다. 더구나 대구와 김해는 버스로 100분 정도이면 도착하는 근거리여서 컨디션 조절하는 데 부담스럽지 않았다.

경기가 시작되었다. 1개 조가 8명씩 뛰고, 여러 개의 조에서 개인 기록을 내어 단 한 번의 경기로 결정하는 방식이었다. 준결승전이나 결승전이 없이 한 번 달리는 것으로 그냥 끝나는 것이었다. 내 차례가 되었다. 얼마나 긴장을 하였는지 아무것도 보이지 않았다. 다만 결승 테이프만 보고 달렸다. 누가 1등을 했는지 안중에 없었고, 나의 100미터 경기 기록이 15초 3이란 것만 알게 되었다.

시상식이 시작되었다. 종목별로 여러 사람이 불려 나간 후, 드디어 70대 순서가 되자 기적같이 내 이름이 호명되었다.

'1위 박실상(=박희망)!'

순간 모든 것이 정지되는 것 같았다. 출전자 대부분 왕년에 모두 내로라하는 선수들일 터인데 그들 속에서 내가 1위를 하다니. 살아오면서 단 한 번도 운동으로 상을 받아본 적 없는 나였다. 젊은 시절 세계대회와 전국대회 등의 출중한 기록 보유자들을 제치고 40년 꾸준히 운동하고 관리한 내가 상을 받았다. 그랬다. 모든 일이 오랫동안 시종 열심히 하다 보면 승리를 하게 되는 것이다. 스포츠를 통한 교훈이며 몸으로 체득한 보람이었다.

모든 순서를 마치고 경남본부석으로 나오니 모두들 우레와 같이 환호하며 헹가래 쳐 주었다. 몸이 공중으로 들렸다 놓였다 하는 짜릿한 쾌감과 고생 끝의 단맛을 보게 되었다. 이 맛을 보기 위해 모든

전국육상대회 출전 –
70대 1위

선수들이 그 힘들고 어려운 훈련을 감수하는 모양이었다.

그날로 경기를 마쳤지만, 축하의 행사는 좀 더 이어졌다. 학교 동문을 비롯해 지역 친목 모임 등에서 소식을 듣고 축하하기 바빴다. 심지어 축하의 신문광고와 기념패까

지 준비하여 즐거움을 함께해 주었다. 아마도 건강에 대한 너나없는 관심과 격려가 아닌가 생각한다. 의미를 더 확장하자면 생활체육의 궁극적 목표이기도 하다는 평가를 해본다.

: 세계마스터즈 육상대회 참가 :
- 세계대회 4위

2016년 세계마스터즈 육상대회(생활체육 육상대회)가 호주 시드니에서 개최되었고, 2017년에는 우리나라 대구에서 3월 19일부터 5일간 열리게 되었다. 나는 2016년에 전국대회 70대 부문에서 1등을 한 관계로 육상협회로부터 국가대표 자격으로 꼭 출전해 줄 것을 권유받았다.

육상협회의 권유 아니라도 나로서는 절호의 기회가 아닐 수 없었다. 세계대회가 한국에서 열리는 것 자체로 일생일대의 행운을 만난 것이다. 내 나이 벌써 70에 두 번 다시 만날 수 없는 기회라 생각하고 3개월 전 추운 겨울철부터 연습을 시작했다. 이런 세계 규모의 대회에 출전하려면 장거리 외국 출정을 해야 하므로 일정 조절과 경비 등 준비해야 할 일이 태산인데 우리나라 대구에서 열린다니 안방과 다름없었다. 더구나 지난해 전국대회 출전을 위해 훈련한 직후이니 컨디션 조절도 수월할 것 같았다.

그러나 상위 순위를 넘볼 수는 없었다. 지난해 기록을 살펴보니 나로서는 중, 하위의 수준에 겨우 미칠 뿐이었다. 죽으라고 연습을 한다 해도 준결승까지 갈까 말까 한 정도였다. 아니 그것도 어려울 것 같았다. 70대 연령층에서만 해도 세계 각국 250명이 참가 신청을 하였다. 전 종목 5,000여 명이 출전하는 세계대회에 참가한 것만으로도 행운이요 찬스라 여기며 최선을 다해 연습에 매진했다.

입장식 참석과 단합대회 등을 위해 나를 제외한 선수단은 이틀전에 대구로 출발했지만 나는 회사 업무 관계로 경기 일정에 맞춰 2017년 3월 19일 새벽에 출발하여 합류하였다. 약 2시간 정도 워밍업 등 출전 준비를 하고 있는데 회사의 총무팀장으로부터 전화가 왔다. 공장에 화재가 발생하여 소방차 2대가 출동하였고, 큰 피해 없이 공장가동에는 이상이 없다고 했다. 참으로 다행한 일이긴 하지만 놀란 가슴은 한참을 두근거렸다.

곧 안정을 찾고 연습장으로 갔다. 그곳에는 각국의 선수들이 저마다 공간을 확보하고 마사지와 스트레칭 등 전문가들의 여러 가지 관리를 받고 있다. 도와줄 사람도 관리해 줄 사람도 없는 나로서는 경험 부족과 준비 부족을 느끼지 않을 수 없었다. 그러나 주어진 여건에 최선을 다하기로 하고 이리저리 기웃거리며 선수 등록을 마쳤다.

경험 부족으로 겪게 된 미숙함은 거기에서 끝나지 않았다. 선수 대기실에 들어가니 각국 선수들은 저마다의 국기가 새겨진 유니폼을 입고 있었는데, 나는 육상협회에서 주는 상의와 축구유니폼 팬츠를 입었다. 아니나 다를까 복장 검사에서 '불합격'을 받아 몹시 당황할 수밖에 없었다. 알고 보니 육상복은 축구복과 다를 뿐 아니라 번호도 달랐다.

　다급해진 진행자가 재빨리 번호표를 만들어 기존 번호 위에 달아 주고야 겨우 출전하게 되었다. 다행히 복장 불량이 출전을 막진 않았지만 웃지 못할 해프닝이었다.

　그뿐이 아니었다. 세계육상대회다 보니 모든 용어를 영어로 진행했다. 내 옆으로 일본, 독일, 영국, 호주, 네덜란드, 스페인, 중국 선수들이 출발지점에 대기했다. 진행자가 준비, 바로, 제자리 등의 구령을 하는데, 나는 처음이라 용어를 잘 알아듣지 못해 옆 사람의 눈치만 보고 따라 했다. 마지막 순간 옆 사람을 볼 수 없어 전면만 뚫어져라 보고 있는데, 갑자기 진행자가 내 앞에 옐로카드를 내밀며 경고했다. 나는 무엇을 잘못했는지 알아듣지 못해 우리말로 물어볼 수밖에 없었다. 마침 진행자가 한국 사람이라 '바로'

필자가 한국 대표로 출전한 세계마스터즈 육상대회 출발선

하면 엎드려 있다가 일어나야 하는데 계속 엎드려 있으니 경고를 준 것이라 설명했다. 한 번 더 규정을 어기면 탈락이라는 경고도 덧붙였다.

좌충우돌 끝에 경기를 마쳤다. 처음 출전하는 세계 경기에서 8명이 달린 가운데 4등으로 들어와 그나마 체면치레를 한 셈이 되었다. 숨 가쁘게 돌아가는 진행에 따라 부랴부랴 기념사진을 찍고 경기장을 빠져나오니 우리 선수들이 격려의 박수로 맞아주었다. 이로써 나의 경기는 끝나고 서둘러 귀가하였다.

그 후 5일간의 대장정을 마친 후 해단식에 참석하였고, 그때 맺은 귀한 인연들과는 지금도 가끔씩 연락하며 술자리를 갖고 있다. 그리고 저무는 황혼 길이지만 그때의 추억을 떠올리며 오늘도 나는 달린다.

: 조기축구 선수 :
- 60대부 전국 1등, 최우수선수 선정

앞서도 밝혔지만, 평생 운동으로 상을 받아본 적 없는 사람이다. 공부라면 남에게 뒤처질 게 없지만 타고난 신체적 역량이 부족하다 보니 좋아하는 것과 뛰어난 것의 차이를 진즉부터 인정하고 살아왔다. 그러나 천재는 노력하는 사람을 이길 수 없고, 노력하는 사람은 즐기는 사람을 이길 수 없다고 한다. 나는 운동을 즐기는 사람이다. 따라서 열심히 노력하는 사람이기도 하다. 그러니

조기 축구 60대 부 전국 1등, 최우수선수로 선정

열악한 신체적 역량을 뛰어넘어 이제부터는 발군의 능력으로 즐겁게 살아갈 것이다.

조기축구를 시작한 지 40여 년이 되었다. 무슨 일이든 좋아하는 일을 오랫동안 즐기다 보면 일취월장하기 마련이다. 김해 어방 체육공원의 축사모 회원으로 매일 아침 꾸준히 조기축구를 하다 보니 비교적 젊은 연령층 회원팀에 합류하여 뒤처지지 않았다. 내 나이가 60대임에는 틀림없지만 30대, 40대, 50대 연령층 팀에 섞여 있을 때 더욱 즐겁게 뛸 수 있었다.

나 말고 또 한 사람의 60대 회원이 한 팀에 같이 있었다. 그분이 어느 날부터 60대 팀에 들어가 전국대회에 출전할 것을 여러 번 권유하기 시작했다. 순전히 그분의 호의를 거절하기 어려웠고, 약간의 호기심이 발동하여 5년 전부터 60대 팀에 들어가게 되었다. 다행히 60대 팀은 1주일 중 토요일만 모이기 때문에 부담 없이 합류할 수 있었다. 그 후 매년 경남대회와 전국대회에 출전하며 상위권 등위를 기록하고, 대망의 전국 1등까지 섭렵했다. 그뿐 아니다. 감개무량하게도 나는 최우수선수로 선정되는 영광을 안았다. 생활 축구 40년, 김해 대표 60대 부문 5년 만의 쾌거였다. 그동안 많은 도움을 준 감독과 팀 전원에게 감사할 일이기도 했다.

비록 생활체육 차원의 조기 축구팀이지만 선수들의 면면을 살펴보면 대단한 분들이 많이 있다. 왕년에 국가대표팀 선수가 있는가 하면 프로축구팀에서 활약하던 선수도 있다. 또 학창시절 학교 축구부에서 제대로 배운 선수들도 많다. 그러나 은퇴한 지 30년,

지난날의 국가대표 축구 선수들과 일본 경기 후 기념촬영

40년 지나는 동안 체력관리를 하지 않아 전혀 다른 선수가 되어 있다. 술과 담배, 무절제한 식사, 게다가 평소의 꾸준한 운동 관리는커녕 한 달에 두서너 번 연습장에 나오다 보니 전 경기를 뛰어내는 것조차 어려워한다.

다시 말하지만 나는 축구를 좋아한다. 축구가 즐거우니 건강이 좋아지고, 즐기며 하는 일에 꾸준한 노력이 뒤따르니 당연하게 성과를 거둔다. 그것은 축구를 통해 알게 되는 세상살이의 교훈이며 살아 있는 체험이기도 하다. 아마도 내가 운동장을 뛰어다닐 수 있는 날까지 축구와 헤어지지 못할 것 같은 이유이기도 하다.

나는 '전력투구'라는 말을 좋아한다. 경기에서는 승리를 위해 전력투구해야 하고 인생살이 역시 온 힘으로 살아내야 한다. 아마도 살아온 삶의 대부분이 치열한 경쟁의 한마당이었기 때문인지도 모른다. 혹자는 부드럽고 우아하고 배려 깊은 삶의 방식으로 '느림의 미학'을 강조한다. 나의 전력투구는 결코 느림의 미학과 상반되지 않는다. 강물이 줄기를 타고 흐르듯, 아름드리나무가 수 세기 동안 자신들의 운명을 완성하듯, 노동을 끝낸 사내들이 가득 찬 포도주잔을 가만히 응시하듯 나는 내 인생을 그렇게 완성해 왔다. 주어진 대로 열심히 살아왔다는 말이며 억지로 서두르지 않았다는 말이다.

나에게 주어진 환경은 열악했다. 신체적으로나 경제적으로나 세상살이에 무엇 하나 남보다 더 가진 것이 없었다. 나를 향해 불어오는 바람은 거세었고 내가 딛고 선 땅은 척박하였다. 바위에 몸을 기댄 이끼처럼 선 자리에서 살아남아야 했다. 이제 나는

내가 달려온 길을 가만히 돌아볼 때에 이르렀다. 나의 전력투구
는 이 자리에 서기 위해 힘쓰고 애쓴 과정이었다. 오랫동안, 그리
고 변함없이 달려온 여정이었다. 누구나 저마다의 흐름대로 흘러
왔다면 나 역시 그 흐름에 몸을 맡겼을 뿐이다. 다만 아무 이유
없이 허둥지둥 전력투구하지 않았으니 참으로 다행한 일이라 여
긴다.

내가 좋아하는 축구를 통해 깨닫는다. 전후반 60분이란 주어
진 시간대로 오롯이 열심히 꾸준히 즐기다가 어느 여울목에 다다
르면 영원히 편히 쉴 것이다.

끝없는
노력으로

: 1988년 장애인 올림픽 성화 봉송 주자가 되다 :

1988년 서울에서 열린 세계올림픽은 온 국민에게 커다란 자부심과 보람을 안겨주었다. 생각만 해도 가슴이 벅차오르고 일등 국민으로서의 자긍심이 넘쳐날 뿐 아니라 미력이나마 뜻깊은 행사에 기여를 하고픈 의욕이 솟구쳤다. 그래서 뜨겁게 북받쳐 오르는 마음으로 세계 장애인 올림픽 성화봉송 주자 신청을 하였더니 이게 웬 영광인가.

나는 성화 봉송 주자로 선정되었다. 내 속의 질주본능이 하늘의 축복을 받게 된 모양이었다. 아니, 어쩌면 내가 할 수 있는 최고의 재능기부요 순정한 애국심의 표현이라고 생각했다. 그러자 마치 거룩한 제의(祭儀)를 치르기라도 하듯 엄숙한 생각마저 들었다.

드디어 동대문 운동장에서 예행연습을 하게 되었다. 나는 한강 철교 남단에서 성화를 인수받아, 좌우에 여섯 명씩 열두 명의 호위 주자와 함께 약 2㎞를 달린 후, 다음 주자에게 인계하도록 되어 있었다. 마음 같아서는 좀 더 쭉 달려가고 싶지만 아쉬움을 접을 수밖에 없었다. 그러나 전에 없이 경건한 몸과 마음을 유지하고자 노력했다. 왜냐하면 나는 성화(聖火)를 봉송하는 주자이기 때문이다.

마지막 주자는 미국의 십 대 청소년이었다. 그는 배꼽 아래 하반신이 없는 중증장애인이었다. 살아오는 동안 내가 본 장애 중 가장 중증이었다. 그러나 그 소년이야말로 나의 오랜 편견을 깨고 새로운 인식을 갖게 해 준 감동의 주인공이었다.

기자가 물었다.

"생활하기가 몹시 불편할 터인데, 미국에서 한국으로 오는 동안 큰 어려움은 없었나요?"

그는 제 또래 나이만큼의 싱그럽고 환한 표정과 밝은 음성으로 대답했다.

"어려움과 불편함은 당연히 있었습니다. 그러나 내가 장애인이기 때문에 올림픽 성화 주자로 뽑혀 세계여행을 하게 되었고, TV 방송 출연을 하는 영광을 안게 되었습니다. 장애인으로서의 불편함보다는 즐거움과 보람이 훨씬 큽니다."

1988년 장애인 세계올림픽 성화봉송 주자

1988년 장애인 세계올림픽 성회봉송 주자로서 기념촬영

기자가 다시 물었다.

"어떤 때가 가장 불편한가요?"

아마 기자는 장애에 대한 편견이나 사회적 제도에 대한 답을 기다렸을지도 모른다. 적어도 내 느낌에는 그랬다. 그러나 소년의 답은,

"대소변 처리하는 데 좀 불편해요. 그래도 많은 사람들이 도와주고 있어서 고마워요."

소년의 표정은 해맑았다. 성화봉송 연습을 하는 내내 그의 밝고 건강한 웃음은 주변 사람들까지 즐겁고 유쾌하게 만들었다.

성화봉송 주자 신청을 하고 운 좋게 선정되기까지 나는 착각한 것이 있었다. 나 스스로 '미력이나마 봉사한다' 또는 '기여한다'는 생각을 한 것이다. 그러나 그 소년은 나에게 큰 깨달음을 선물했다. 내가 봉사나 기여를 한 것이 아니라 큰 공부를 한 것이었다.

1988년 올림픽 행사는 국가적으로나 개인적으로 큰 성과를 거두고 역사 속으로 흘러갔다. 그날 착용했던 트레이닝복 한 벌, 운동화 한 켤레, 모자 하나, 성화봉 하나로 남은 추억이다. 그러나 그날의 영광과 보람과 감동은 영원히 가슴속에 살아 있다.

2018년 평창에서 동계 패럴림픽이 열리고 있다. 1988년 서울 올림픽 이후부터 IPC 주관으로 4년마다 올림픽 개최 도시에서 올림픽 폐막 후에 열리는 행사다. 원래는 척추 상해자들끼리의 경기로 Para-plegic(하반신 마비)과 Olympic(올림픽)의 합성어였다. 그 이후 다른 장애인들도 참가하면서 현재는 '나란히'라는 뜻의 그리스어 Para를 사용하여 올림픽과 나란히 개최된다.

현재를 사는 우리는 모두 장애인이다. 신체장애만 장애가 아니라 정신적 고통을 겪는 우리도 장애인이다. 그러므로 그들과 나란히 함께 살아가야 하는 것이다.

: 100세 시대 건강 계획서 :

건강에 대한 사회적 관심이 높아진 것은 어제오늘의 일이 아니다. 100세 시대를 맞아 건강한 장수야말로 행복한 일에 틀림없다. 그러나 대부분 구체적 실천방안에 대한 인식이 부족하다. 무슨 일이든지 실행하지 않으면 내 것이 아니며, 100세 시대라고 모두가 장수하는 것이 아니라는 말이다. 그래서 떠오른 한 가지 방법이 있다. 바로 여러 사람 앞에서 내 건강계획서를 발표하는 것이다. 마치 마라톤을 하는 것과 비슷하다. 여럿인 듯 혼자인 듯 오래 달려야 하는 마라톤처럼 건강관리 또한 그렇게 하면 좋을 것 같았다.

마라톤은 출발선상에서 여러 사람이 출사표를 던진다. 그러나 모두 완주하는 것은 아니다. 100세 시대에 무병장수를 향해 달리는 모두가 100세를 살지 못하는 것과 같다. 그러나 출발신호와 함께 달리는 결의는 너도나도 한마음이다. 바로 그런 심정으로 여러 사람 앞에 건강계획서를 발표해 보면 어떨까.

그렇게 생각하니 40년째 해오고 있는 남성정밀 야간 100리 길 걷기 행사가 좋은 아이템으로 떠올랐다. 매년 12월 말 행사 직전 출발선상에서 각자의 1년 계획 또는 10년 계획을 발표하고, 다음 해 행사 시에 결산 발표를 해본다면 성과가 있을 것 같았다. 그리하여 2012년 12월 30일 우측과 같은 출사표를 발표하며 선서했다.

이러한 계획서를 발표하고 나니 개인적으로 가장 먼저 떠오르는 걱정이 치아(齒牙)였다. 지금은 충치(蟲齒) 하나 없이, 의치(義齒) 하나 없이 건강하지만, 나이가 나이인 만큼 100세까지 견뎌줄지 걱정이 되었다. 코끼리는 100년을 살아도 칫솔질 한 번, 스케일링 한 번 안 하고도 잘 산다고 했다. 거북이 역시 500년을 살면서 마찬가지다. 사람이야 치아(齒牙)가 부실하면 죽을 먹거나 갈아서 먹을 수 있지만, 동물들은 속수무책이다. 동물들에게 치아(齒牙)란 생명과 직결될 터인데 그들만의 비결이라도 있는 것일까.

그러던 중 치과의사인 조카에게 스케일링을 하며 코끼리와 거북이의 치아에 대해 물어보았다. 그러자 조카는 별 싱거운 질문을 다 한다는 듯 멀뚱히 바라보았다.

"아무래도 100세까지는 살 거 같은데, 치아가 젤 걱정이야."

그러자 이해를 하는 듯 빙긋 웃으며,

"그래도 코끼리와 거북이의 치아에 대해 묻는 사람은 못 봤습니다."

라고 했다.

조카의 설명대로라면 '사람도 코끼리와 거북이처럼 먹고 산다면 칫솔질 안 하고 스케일링 안 해도 된다.'는 것이다. 일체의 조미료와 설탕을 쓰지 않고, 자연 그대로 아무 양념 없이 먹으면 충치가 없다고 했다. 생선회도 그렇고 채소도 마찬가지라고 했다.

이렇게 간단한 답이 어디 있을까. 그렇다면 나로서는 벌써 50%나 해결된 문제였다. 평소 설탕이 든 음식을 먹기 싫어하는 데 아주 잘된 일이다. 그야말로 일거양득이다. 이제 내 식성대로 즐기면서 건강한 치아를 유지할 수 있겠다 생각하니 벌써 기분이 좋아졌다.

그러나 설탕이나 조미료 없는 먹거리를 구하기가 그리 쉬운 일이 아니지 않은가. 간단한 음료에서 유제품, 음식점의 모든 메뉴 등은 온통 설탕범벅이요 조미료 투성이다. 그렇다면 최대한의 지혜를 동원하여 불량한 것은 가능한 대로 삼가고, 좋은 것은 열심히 찾아서 먹을 수밖에. 다행히 사회적으로도 자연주의 열풍이 불고 있으니 그나마 실행하기가 좀 쉬워질 것 같았다.

무엇보다 부모님으로부터 물려받은 건강한 치아와 획기적인 의료의 혜택을 감안하면 '백세 건강'은 눈앞에 보인다. 따라서 남성 정밀 야간 100리 길 행사에서 선서한 약속도 별 어려움 없이 실행할 수 있을 것 같은 생각이 든다. 2050년을 향해 던진 건강계획 출사표가 무색하지 않도록 힘껏 달리고 또 달려갈 일만 남았다.

선 서

성명: 박실상_(=박희망)
생년월일: 1946년 7월 3일

상기 본인은 2013년을 맞이하며 2012년 12월 30일 남성정밀 100리 길 야간 걷기대회에서 선서한다. 2050년까지 104세를 살 동안 건강한 몸과 마음으로 여러 가지 운동을 하고 악기를 연주한다. 또한 가칭 '즐겁고 희망찬 건강백세'와 '아름다운 인생' 등의 저서를 출간하여, 100세 직후 나의 경험을 여러 곳에 알리며 건강한 사회를 선도한다.

(1) 매일 저녁 9시 잠자리에 들고, 새벽 4시에 일어나 하루 3시간 이상씩 개인 건강 관리에 시간과 정열을 투자하여 점진적으로 늘려간다.

(2) 평생 감사일기와 사랑의 일기를 쓴다.

(3) 100세가 되면 한국의 100세인 연합회 총재에 도전한다.

(4) 선서한 하루 일을 한 번이라도 실행하지 못하면 한 끼를 금식하고 다음 날 보충한다.

(5) 오늘의 선서는 수십 년 이상 스스로 다짐하고 반복 실행할 것임을 만인 앞에 엄숙히 선서한다.

2012년 12월 30일
선서인 박실상_(=박희망)

: 난치병 홍채염 자력 치료 :

1980년이었다. 두 차례에 걸친 석유파동으로 오일쇼크가 일어났다. 중동 산유국들의 전쟁과 정치적 혼란은 산업화 되어가던 우리나라의 경제성장률을 5.2%나 퇴보시켰다. 나 역시 창업 이후 10년 만에 처음으로 마이너스 성장을 했고, 주변의 많은 기업들이 도산하는 것을 지켜봐야 했다. 따라서 강성노조(强性勞組)가 아우성을 치고 정치는 유례없이 혼란해져 기업 생존이 극도로 불안해졌다.

희한하게도 기업이 어려우면 기업주의 건강도 따라서 나빠진다. 평소 신장 170㎝, 체중 60㎏으로 비교적 표준 치에 가까운 건강한 몸이었는데 여기저기 경고등이 켜지기 시작했다. 특히 술을 마시기 어려워졌다. 맥주 한 잔에 설사를 하고, 소주 석 잔에는 몸을 가누지 못했다. 사업상 피치 못할 술자리도 더러 있는데 몸이 견뎌주지 못하니 여간 곤란하지 않았다. 그래서 자양강장에 좋다는 뱀탕, 자라탕까지 입에 댔다. 그렇게라도 버텨내어야 했기 때문이다.

어느 날 고객과 술자리를 할 일이 있었다. 가뜩이나 기업이 어려운 판에 거절할 수 없는 자리였다. 그날 세 사람이 양주 2병을 다 마셨다. 그런데 참으로 신기했다. 평소의 10배를 마셨는데 신기할 만큼 취하지를 않았다. 사람의 정신력은 이렇게 대단한 것이었다. 그동안 몸이 좋지 않아 먹은 뱀탕, 자라탕이 효과를 보는가 싶기도 했다. 그러나 악으로 깡으로 버텨낸 양주 투혼은 참담한 결과를 가져왔다. 접대를 마치고 다음 날 잠자리에서 일어나니 왼쪽 눈이 심하게 충혈되어 있었다.

놀란 토끼처럼 벌떡 일어나 안과병원에 달려갔다. 의사는 심각한 표정으로 '홍채염'이라고 했다. 완치가 잘 안 되고, 치료를 해도 재발이 잘 되는 병, 잘못하면 실명(失明)할 수도 있는 병이라고 했다. 우선 매일 내원하여 약 1개월간 치료를 하라고 했다. 1개월 아니라 1년이 걸려도 완치만 된다면 못할 게 없으련만 치료 예후에 관한 부정적 진단을 받고 보니 무척 당황스러웠다.

치료는 성실하게 받았다. 그러나 갈 때마다 안구(眼球)에 주사를 맞아야 하고, 처방되는 약이 예사로 독하지 않았다. 변비, 체중 증가 등의 부작용도 뒤따라 정말이지 병원과 약이 싫어 어디로 달아나버리고 싶은 심정이었다. 1개월 정도 치료 후 다행히 상태가 좋아졌으나 재발에 대한 걱정을 떨칠 수가 없었다.

아니나 다를까. 걱정하던 대로 일교차가 심한 봄가을이면 어김없이 재발을 했다. 몸이 피곤하거나 술이 과해도 재발했다. 이렇게 매번 반복하는 눈병을 달고 근 20년간 전전긍긍했다. 대개 1개월가량 치료하면 좋아지긴 했지만, 항상 눈이 시원하지 못한 채로 살아야 했다. 더구나 나이가 오십을 넘어서니 재발 빈도가 점점 늘어났다. 의사는 '방치할 경우 장님이 될 수 있다.'고만 하지 뾰족한 처방을 제시하지 못했다.

어머니가 돌아가시고 1년쯤 지났을 무렵이었다. 어느 날 갑자기 세상이 자옥한 안개 덮인 것처럼 보였다. 급히 안과를 찾아갔더니 백내장이 한참 진행된 상태라고 했다. 보통의 경우 백내장은 간단한 수술로 해결되지만, 홍채염 때문에 그마저 어렵다고 했다. 더구나 나이가 있어서 약물 부작용과 염증이 복합적으로 작용해 홍채염과 백내장이 더욱 심해질 수 있으니 조심하라고 한다.

조심이야 정말로 더할 나위 없이 하며 살았다. 눈병 때문에 술자리도 피하고, 과로하지 않으려고 스스로를 극도로 억제하며 살았다. 이제 더 이상 마땅한 치료방법을 찾지 못한다면 '맹인'이 되고 말 것이라 생각하니 전신의 맥이 탁 풀렸다. 어머니 상중(喪中)에 다소 신체의 리듬이 깨졌다고 이렇게 악화되다니…

그날로부터 더욱 적극적인 치료방법을 찾아보았다. 서울대병원, 아산병원, 경희한방병원, 동의한방병원 등 명의를 찾아 병원 순례를 했다. 그러나 어느 병원에서나 대답은 비슷했다. 혹 좋은 정보라도 있을까 싶어 같은 질환의 환자들과 교류를 하고 인터넷 동호회도 가입했으나 희소식은 들리지 않았다. 동호회 회원 중 어느 누구는 결국 한쪽 눈을 잃었고, 부산의 어느 구청장도, 서울대학교 어느 교수도 실명을 하고 말았다는 절망적 소식만 거듭 듣게 되었다.

그렇다고 손 놓고 있을 수도 없었다. 그러던 차 미국의 존스홉킨스 안과병원이 유명하다는 말을 듣고 미국까지 달려갔다. 존스홉킨스 의과대학은 노벨상을 받은 최고의 의사가 3명이나 되고 최첨단 의료기술을 가졌다 하니 한번 기대해 보기로 했다. 그러나 며칠에 걸쳐 갖은 검사를 한 존스홉킨스 의료진의 진단 결과도 한국과 다를 바가 없었다. 그렇다면 더 이상 현대의학에 기대를 할 수 없다는 것 아닌가. 기대보다 더 큰 실망을 하고야 만 결과였다.

한국으로 돌아와 새로운 치료방법을 강구했다. 이제 더 이상 서양의학에 매달리지 않기로 했다. 더 이상 미련도 없었다. 다만 내식으로 더 나은 방법을 찾기로 한 것이다. 아직은 세계 곳곳의 전통의학이 있고, 우리나라 한방의학도 있고, 조상 대대로 전해오는 민간의학도 남아 있다. 내가 살아온 바로는 그 어떤 경우에도 절망의 끝에 기사회생의 길이 있었다. 평소의 생활신조처럼 최후의 순간까지 포기하지 않기로 했다.

그때쯤 평생 회원으로 가입한 '단 월드' 특별강연에 참석하게 되었다. 1박 2일의 일정으로 명상과 단전호흡, 눈 안마에 관한 강의와 실습이었다. 강의 내용은 평이했다. 그러나 눈 안마에 대한 실습에 관심을 두고 열심히 참여했다. 반신반의하는 마음이었지만 우선 눈이 아프니 한 번 해볼 필요가 있다고 생각해 교육 후에도 매일 아침 명상과 단전 호흡과 눈 안마를 했다. 역시 별로 신통하게 와닿지 않았다.

학습은 응용이 필요하다. 그래서 명상을 나의 방법으로 바꾸고, 단전호흡도 내 방식으로, 눈 안마도 내 방식대로 응용하여 실행하기 시작했다. 먼저 관련 자료와 연구보고서를 찾아 검토하고, 전문가의 고견을 참고했다. 드디어 몇 번의 시행착오를 거치며 '이것이 내 것이구나.' 하는 데까지 왔다. 그 이후로는 신념을 갖고 꾸준히 실천하기에 이르렀다.

그러던 어느 날, 중국 출장을 가게 되었다. 출발하기 전에 안과병원에 들러 1주일 치의 약을 처방받았다. 혹여 해외 출장 중 홍채염이 재발하면 열악한 중국의 의료 환경에서 난감할 것이기 때문이다. 이날 확인한 바로 왼쪽 시력은 0.2~0.3 정도였고 상당히 불안정한 상태였다. 겨우 오른쪽 눈에만 의존한 형편으로 해외 출장을 가야 하니 긴장이 안 될 수가 없었다.

비행기가 부산을 떠나 1시간쯤 되었을까. 문득 출국을 서두르느라 명상과 단전호흡, 눈 안마를 빼먹은 것이 생각났다. '옳지, 지금부터라도 해야지.' 하고 기내에 앉아 단전호흡과 눈 안마를 시작했다. 평소에는 눈을 뜨고 단전호흡과 눈 안마를 하는데 이날은 왠지 나도 모르게 눈을 감고 있었다. 비행기 창을 통해 들어오는 햇살이 감은 눈 위로 살며시 와 닿았다. 그러자 눈 안에 드리운 하얀 안개 같은 막이 선명하게 보였다.

'아하! 이것이 백내장이라는 거구나. 이것 때문에 사물이 잘 안 보였구나.'

이때부터 새로운 경험이 시작되었다. 내 눈 속에 오랫동안 동거한 괴로움의 실체를 느낀 순간, 단전과 괄약근에 힘껏 힘을 주고 호흡을 멈추었다. 좀 더 자세히 관찰하고 싶었기 때문이다. 다시 단전과 괄약근에 힘을 모아 호흡을 멈추어보니 신기하게도 순간적으로 눈 속의 안개가 거의 사라졌다.

'무슨 이런 일이!'

하고는 단전과 눈에 집중하여 힘을 실어보았다. 그러자 눈 속의 짙은 안개가 사라졌다가 숨을 내쉬면 또다시 자욱해져 왔다. 몇 번을 반복해 봐도 똑같은 현상이 일어났다. 참으로 신기한 경험이었다. '혹시 단전호흡이 눈병에 무슨 영향을 미치는 게 아닐까?' 해외 출장 중에 사업은 뒷전이고 오직 그 생각에만 골몰하였다.

한참 뒤, 상해 공항에 도착한다는 기내방송을 들으며 혹시 '단전호흡과 눈 안마를 잘하면 눈병을 고칠 수 있지 않을까?' 하는 한 가닥 희망이 생겼다. 그러자 어두웠던 마음이 순간적으로 홍분과 즐거움으로 변해가면서 생기가 솟아올랐다. 한편으로는 허탕일지도 모른다는 긴장감을 지울 수 없었지만 일단 해보기로 했다. 단전호흡과 눈 안마가 건강에 나쁠 것 없다는 확신이 앞섰기 때문이다.

3개월쯤 지났을까. 안개처럼 뿌옇게 보이던 물체가 점점 선명해졌다. 시력이 조금씩 좋아진다는 것을 느꼈다. 뿐만 아니라 몸이 전체적으로 가벼워지고 머리도 시원해진다는 느낌이 들었다. 한국에 돌아와 안과에서 검사를 하니 백내장은 약간 남아 있으나 시력은 0.6 정도로 회복되어 있었다. 이때부터는 정말 희망에 찬 하루요 살맛 나는 하루였다. 20년 긴 세월의 홍채염도 고칠 수 있겠구나 하고 생각하니 콧노래가 절로 나왔고, 회사 일로 곤경에 처해도 눈만 회복할 수 있다면 무슨 걱정이랴 싶었다. 어떤 어려움도 실명(失明)보다 더할까 하고 생각하면 마음이 홀가분해졌다.

단전호흡과 명상, 그리고 눈 안마를 쉬지 않고 했다. 실제로 효과를 보았으니 매일매일 신념에 차 하루도 거르지 않았다. 6개월이 지나 다시 안과를 찾았다. 놀라운 결과 앞에 의사도 놀라고 나도 놀랐다. 시력은 발병하기 전과 같이 1.0으로 회복되어 있었고 그동안 홍채염 역시 한 번도 재발하지 않았다.

이제 나의 단전호흡, 명상, 눈 안마는 20년 가까이 생활화되어 있다. 너무나 감사하게도 고질이었던 홍채염이 더 이상 재발하지 않았다. 사람이 죽고 사는 암(癌)종도 재발 없이 5년이면 완치판정을 받는데 이만하면 완치에 가깝지 않나 생각한다. 그리고 10년 전에 진단받았던 백내장 역시 그동안 별 까탈을 부리지 않아 일상생활에 아무 지장이 없다. 한때는 내 신체 중에 가장 허한 곳이 눈이었는데 이제는 나이에 비해 가장 자신 있는 곳이 되었다.

한때는 치료방법이 없어 절망했던 나였다. 더 이상 서양 의술에 의존할 수 없어 택한 전통 건강요법이 제대로 진수를 맛보여 준 경우다. 이렇게 좋은 것을 여러 사람에게 전수하고픈 마음 꿀떡 같으나 의학적으로 검증이 되지 못했고, 또 모든 사람에 똑같은 현상이 일어나는지 알 수가 없어 망설여진다. 그러나 '눈 운동'에 관한 여러 서적을 통해 비교 분석해보면 나의 방법이 크게 틀린 바 없음을 확인한다. 따라서 우리 조상님들의 지혜롭고 훌륭한 건강비법을 잘 활용해 볼 것을 권하며 다음과 같이 구체적인 방법이 있다.

눈 안마에 소요되는 시간은 20분 정도이나, 예방이 목적이라면 15분 정도면 충분하다. 눈을 뜬 상태로, 양 손바닥을 30~50번 비벼 열이 나면 눈에서 1㎝ 정도 거리를 두고, 눈동자를 좌우로 20번씩 돌린다. 그다음 다시 손바닥을 따뜻하게 비벼 눈에 대고, 눈동자를 좌우로 20번씩 원을 그린다. 다시 손바닥을 비벼 눈에 대고, 눈동자를 정수리 쪽으로 최대한 올리고 내리고를 10번씩 반복한다. 다시 눈꺼풀을 20번 좌우로 마사지하고 눈의 안쪽 끝 코에서 가까운 곳을 20번 눌러준다. 이때 단전호흡을 같이 해야 한다.

단전호흡은 수건 1장을 베개로 삼고 누워서 시작한다. 무릎과 무릎 사이에 작은 배구공을 끼우고 단전에 힘을 주어 괄약근과 함께 힘껏 조이며 5초 정도 숨을 멈췄다가, 모든 조임 상태를 풀면서 숨도 함께 내쉰다. 누워서 하는 단전호흡은 머리와 눈에 혈액순환이 잘되게 하기 때문이다.

이와 같은 방법은 나의 개인적 체험의 발로이다. 의술이란 동서양을 막론하고 제각기의 장단점이 상존한다는 걸 인정한다면 한 번쯤 시도해 봐도 손해날 일이 아니다. 특히 첨단의술에 두 손 든 환자라면 더욱더. 다만 믿음을 갖고 꾸준히 하는 것이 최선의 길이다.

: 플루트를 배우다 :

플루트를 배우기 시작한 지 6년 정도 되었다. 이미 새로운 도전이 두려운 나이지만, 나는 무엇이든지 일단 시작하면 혼신을 다하는지라 플루트도 마찬가지였다. 그동안 크고 작은 경연대회 출전도 마다하지 않는 등 의욕과 재미에 흠뻑 빠져들었다. 가르치는 선생님 역시 격려를 아끼지 않으니 즐거움은 더욱 배가 되었다.

즐거운 일은 누가 시키지 않아도 열심히 하게 되고, 하다 보면 능률 또한 기대치를 넘게 된다. 어느 날 선생님이 동아대학 콩쿠

박희태 국회의원 취임 축하 연주

자매결연한 중국 장애인 생일 축하 연주

동아대학교 플루트 콩쿠르 대회 입상

르 일반부에 도전해 볼 것을 권유하였다. 당연히 선뜻 대답을 못하였다. 평소 연습을 열심히 한다고는 하지만 대학콩쿠르에 출전할 실력이야 되겠는가. 아무리 배워도 끝이 없음을 알게 되는데, 그 큰 대회에 출전하기가 두렵지 않을 수 없었다. 추천해 주는 것만으로도 영광이라 생각했다.

그러나 결국 출전하기로 마음먹었다. 어차피 인생은 도전이며, 이왕 하는 것 내 능력의 바닥을 보아야 나답지 않겠는가. 연습 기간은 약 45일 정도 남았다. 추천해주신 선생님의 체면도 세워야 하고, 큰 무대에서 웃음거리도 되지 않아야겠기에 숨이 가쁠 정도로 연습에 연습을 거듭했다.

1개월가량 강훈련을 하고 나니 왠지 자신감이 생겼다. 1등에 대한 자신감이 아니었다. 그런대로 곡을 제대로 소화하여 무대에서 창피는 면하겠다 싶은 안도감이었다. 콩쿠르 출전을 한 번 체험할 때마다 한 단계씩 발전할 것이므로 그것만으로도 큰 소득이 되는 것이다. 무엇보다 곡의 완성도가 높아가는 즐거움에 나 스스로 행복했다.

대회 참가자 중 70대인 내가 최고령자였다. 일반인은 30대가 대부분이고 대학생이 주류였으며 중·고등학생도 다수 참가했다. 드디어 내 차례가 되었다. 최고령자에 대한 사회자의 특별 소개에 격려의 박수가 쏟아졌다. 나는 정중히 인사하고 익숙한 피아노 반주에 맞추어 연주를 시작했다. 다행히 연습한 만큼 무난히 연주를 마칠 수 있었다. 왜냐하면 나는 연주자로서의 경력이나 학교 입학 등 스펙 쌓기를 위한 연주가 아니기에 부담이 없었다. 새로운 도전만으로도 큰 즐거움이기 때문이다.

모든 순서가 마무리되고 간단한 소감 발표 자리에서 질문을 받았다. 플루트를 배우게 된 목적이라도 있느냐고 물었다. 나는 망설임 없이 즉각 대답을 했다. '아내의 생일과 결혼기념일에 축가를 불러주기 위해' 배웠노라 대답했다. '그러나 정작 배우고 보니 본인의 건강에 더 많은 도움이 되는 것 같다고, 여기 계시는 장년층의 여러분들에게도 적극 권하고 싶다.' 하였더니 박수가 터졌다.

콩쿠르를 마치고 돌아와 한참 동안은 탈진하였다. 근 1개월 정도 악기를 손에서 완전히 놓아버리고 말았다. 너무 애를 쓴 탓인지 좀 쉬고 싶은 마음뿐이었다. 그러나 그날의 동영상과 사진을 보면 지금 생각해도 참 잘했다는 마음이다. 내가 언제 또다시 그런 열정에 들떠보겠는가. 다시 못 올 나의 마지막 청춘과 열정이었다.

: 승마 스토리 :

20대부터 영화에서 말 타는 모습을 보면 막연히 나도 말을 타고 싶다는 생각을 했다. 배우들이 전쟁터에서 말을 타고 산야를 누비는 것이나 경찰이 말 타고 거리를 누비는 모습 등이 부럽고 나도 기회가 되면 승마를 해봐야겠다는 막연한 바람을 가지고 있었다.

막 40세가 되면서 회사가 부산 가야동에서 김해로 이사하고, 부산에서 출퇴근하는 중에 김해 대저에 있는 승마장을 보게 되었다. 그러나 모든 것이 궁핍하던 때라 선뜻 엄두를 못 내고 지내다가 어느 일요일 그곳에 가보았다. 상담을 해보니 매일이 아니고 주말에 승마 훈련을 할 수 있고, 비용도 그리 크게 들지 않아 등록을 한 후, 매주 한 번씩 훈련을 했다. 약 3개월 정도 타니 혼자서 제법 말을 몰고 가까운 곳은 다닐 수 있겠다 싶은 용기가 생겼다.

매주 일요일만 되면 아침 10시부터 오후 5시까지 승마로 시간을 보내자 짜릿하고 흥미로운 재미를 맛보게 되었다. 2년쯤 지나니 정말 재미가 있었다.

그때부터 단독으로 말을 몰고 회원 10여 명과 같이 대저에서 낙동강하구 을숙도까지 왕복 100리 낙동강 둑길을 달렸다. 을숙도에 가서 점심 먹고 모래밭에서 말과 같이 돌다가 승마장에 돌아오면 오후 4시가 되고, 다시 말을 목욕시키고 정리하고 5시에 귀가하는 것이 휴일의 일과가 되었다. 어떤 날은 대저에서 구포대교를 지나 구포시장과 화명동을 거쳐 금정산을 넘어 온천장에 도착하여 식사하고 다시 금정산을 넘어 대저까지 돌아오는 일과를 반복하였다.

말은 시멘트나 아스팔트 길은 미끄러워서 잘 못 다니는데 1980년 당시의 금정산 길은 아스팔트가 아닌 모래흙길이고 낙동강 하굿둑도 흙모래길이라 말이 다니기에 참 좋았다.

말은 보폭이 길어 걸음을 놓는 순간순간의 짜릿함이 일품이다.

승마 8년 기념

그런 기분에 흠씬 빠져 미처 위험할 수도 있다는 것을 간과한 채 나날을 즐겼다.

어느 날은 말에 탄 채 구포대교를 지나가는데 중간쯤에서 말이 움직이지 않고 소리를 지르는 거였다. 말 등에 앉은 내 몸이 구포 다리 난간보다 훨씬 높아 절벽에 서 있는 듯하고 푸른 물 위에 떠 있는 것처럼 느껴졌다. 금방이라도 말이 등을 흔들거나 갑자기 달리면 낙동강에 떨어질 것 같은 아슬한 순간이었다. 다리 위 인도는 비좁지, 한쪽은 강물이지, 또 한쪽은 차량 왕래가 심해서 쉽게 밑으로 내릴 수도 없는데 일행들은 앞으로 훌쩍 모두 지나간 뒤라 혼자서 겁먹은 채로 있을 수밖에 없었다. 아무리 말을 달래도 꿈쩍 않는다. 한참이 지난 후 겨우 말을 쓰다듬고 달래니 그제야 서서히 나아갔지만 정말 잊을 수 없는 공포의 경험이었다. 정말 무서웠다. 아마도 말이 뭔가 불만이 있어 기수인 나에게 겁을 준 것이었을 것이다. 말 못 하는 짐승과 제대로 교감하지 못한 채 내 재미에 빠져 무턱대고 보낸 시간이 아니었나 싶다.

금정산 오솔길을 그 큰 말 10마리가 같이 달리노라면 희열과 긴장으로 멋졌다고는 하나 지금 생각해 보면 정말 위험한 나들이였다. 그때 그 위험을 무릅쓰고 금정산을 주름잡는다는 허세를 떤 것을 생각하면 말에게나 나에게 미안한 마음이 든다.

말을 잘 다스리려면 많은 애정을 기울여야 한다. 말 먹이를 잘 챙겨 먹여야 하거니와 정성껏 목욕시키기, 자주 쓰다듬어 주고 칭찬하면서 마음과 마음으로 통해야 한다. 그렇지 않고 타기 위한 도구로만 생각하면 말도 그 느낌을 기가 막히게 안다.

그날 낙동강 다리에서처럼 기수에게 잔뜩 횡포를 부릴 수 있다는 것이 좋은 교훈이 되었다.

어느 날은 을숙도에서 승마 도중 갑자기 괴성을 지르면서 말이 뒷다리로만 번쩍 일어났다. 말이 뒷다리만 땅에 두고 앞다리를 번쩍 들면 그 높이가 2층 집만큼이나 높은데, 그 등허리에 작은 몸뚱어리가 붙어 있자니 정말 무서웠다. 잔뜩 경직된 채 말에서 뛰어내릴 수도 없어, 정신을 바짝 차리고 어떻게 위험을 피할까 전전긍긍하다가, 마침 옆으로 반쯤 넘어지는 말을 차고 뛰어내렸다. 큰 화는 피했지만 아찔한 순간이었다. 넘어지는 말 밑에 깔리면 불구를 면치 못할 위급한 상황을 용케 지난 것이다. 말이 무서운 존재라는 것을 점점 뼈저리게 느꼈으나 그러고도 재미에 빠져 계속해서 말을 탔다. 그러다가 정말 승마를 접어야겠다는 마음을 정하게 되는 날이 왔다.

약 10년쯤 탔을 때다.

그날도 여덟 마리의 말에 탄 일행이 쭈욱 일렬로 나섰다. 대저에서 을숙도를 향해 시속 60㎞로 달려가는데 기분은 역시나 그야말로 하늘을 날아가는 것 같다. 나는 맨 뒤쪽 말을 타고 달리게 됐는데 낙동강 둑 위를 지나자 그만 발이 발걸이 등자에서 빠져 자세가 불안정한 채 가게 되었다. 말을 세우려고 해도 같은 무리에서 떨어지기를 싫어하는 말의 속성 때문에 계속 달리기만 한다. 금방 말에서 떨어질 것 같은 위기를 느끼면서 아무리 소리쳐도 100m 전방에 가는 앞 기수는 소리가 들리지 않는지 계속 달리기만 하니 죽음이 생각나는 긴장의 연속이다. 이때 불행인지 다행인지 앞에 가던 다른 기수가 말에서 떨어지는 통에 달리던 말 8마리가 정지하게 되었다. 이로써 위험은 가까스로 피했지만, 그날의 경험은 더 이상 승마할 마음을 거두어 갔다. 그날 낙마해 낙동강 하굿둑에 뒹군 기수는 부산일보의 어느 국장으로 뼈가 부러지는 중상을 입었다. 6개월 동안 꼼짝 못 하고 병원 신세를 지는 그를 문병 다니면서 승마의 위험성을 다시 생각하게 되었다.

10년 동안의 승마, 그 시간 동안은 열심이었으며, 한껏 즐거웠던 내 삶의 한 부분이다.

내 의지와 누군가의 보살핌이 있었기에 무사히 하고 싶은 일을 할 수 있었던 시간을 돌아보며 오늘이 있기까지 내게 온 모든 것에 고개를 숙인다.

서울대학교총동창회
장학기금 쾌척

2006년 서울대학교총동창회에서 동창회관을 신축하기 위해 의견을 조율하였다.

현재의 동창회관은 서울 마포 번화가에 있지만 낡고 잘못된 설계로 하여 허물고 새로 짓기로 하고 총동문회 회장님을 비롯한 집행부에서 총동문회관 건립안과 총동문회관 기금을 모금하는 것에 뜻을 모았다.

현재의 동창회관 부지에 고층으로 신축하는 건립안과 건립 자금은 기부금을 모으는 것으로 기본계획을 세웠다.

동문 기부금을 활용, 고층으로 건립을 하게 되면 거기에서 나오는 건물 임대료가 기부자의 은행 정기예금 이자보다 2배 이상의 수익이 있을 것으로 예단하고 그 이익을 기부자에게 배당하면 그 배당금으로 서울대학교 재학생 및 학부대학원생 박사과정자 등 서울대학교에서 수학하고 있는 학생들을 위한 장학기금이 될 수 있다는 요지의 장학기금 마련 사업이었다.

장학금을 기부한 사람에게 장학생 선발권을 부여하는 조건이지만 건물이 살아 있는 기간을 약 100년으로 상정하고 임대료만으로 장학금을 주는 제도인지라 상당한 호감이 생겼다.

나는 어렵지만, 거금을 기부하고 그때부터 지금까지 12년간 매년 서울대의 인재를 찾아 장학금을 수여하고 있다. 이런 계기로 혹여 나의 후대에게도 서울대학교에 입학하려는 의지의 불씨가 될 수 있고 혹시 먼 훗날 나의 후손 역시 능력은 있으나 환경이 어려운 젊은이에게 도움을 줄 수 있는 사회적 책임자가 될 수 있지 않을까, 그런 뜻으로 시작한 이 일이 봉사와 헌신의 이름으로 내 삶을 채색하는 것 같아 오래오래 한 마음으로 꾸준히 잘 실행하고자 다짐을 두는 바이다.

제3부

혈육이 있기에

남은 시간 조상의 음덕과 남은 후손들의 슬기로
화목하게 잘 살아내고 싶은 마음 간절하다.

학임당 장학회
설립

　2000년 1월 2일 어머니께서 80세를 일기로 영면(永眠)하시고, 장례를 치르면서 많은 조문객이 다녀가셨다. 그런 가운데 안장(安葬) 후 77재 봉행까지 마치고도 상당액의 부의금이 남아 후일 벌초나 산소관리에 적절히 쓸 재원(財源)으로 장기간 보관하였다. 그러나 2007년 기일에 형제들이 모두 모여 어머니를 기리는 특별한 사업 구상에 합의하였다. 바로 〈학임당 장학회〉 설립이다.

　어머니는 어려운 시대에 태어나 살과 뼈가 녹아나는 헌신으로 가족을 끌어안으셨던 분이다. 다섯이나 되는 이복형제를 키우는 남다른 가족사의 이면에서 눈물로 본이 되신 분이며, 인고의 세월 속에서 꺾이지 않는 희망을 유산으로 남기신 분이다. 비록 이 땅의 소박한 촌부로 살다 가신 분이지만 남겨 주신 가르침은 가문의 본이요 사회의 본이었기에 그 뜻을 오래 기리기로 한 것이다.

어머니 추모사업인 〈학임당 장학회〉는 매년 불우이웃을 돕는데 매진하기로 하였다. 어려운 환경 속에서 '화목한 가정'을 가꾸는 가정이나 학비가 부족한 학생을 격려하는 것은 어머니의 숭고한 가르침으로 자란 후손들에게 보람이 될 것이다.

〈학임당 장학회〉의 재원은 매년 증자하여 형성하기로 하였다. 학임당 후손들의 경조사의 잉여분이 학임당 추모사업에 활용될 것이다. 이는 명실공히 경조사에 다녀가신 내빈 모든 분이 〈학임당 장학회〉의 후원자이며 주인임을 말한다. 〈학임당 장학회〉 사업은 음으로 양으로 도와주시는 모든 분들의 정성과 성원으로 이루어지므로 만인의 학임당 사업이기도 하다.

〈학임당〉이란 배우고 본받는다는 뜻에서 학(學)을 취하였고, 영원한 어머니의 표본인 사임당(師任堂) 신 씨의 아호에서 임(任)을 땄다. 사임당 역시 중국 주나라 문왕의 어머니 태임당(太任堂)을 본받고자 자신의 호를 사임당(師任堂)으로 하였다 하니, 중국의 어머니는 태임당이요 조선의 어머니는 사임당이며 우리의 어머니는 학임당(學任堂)이다.

중국의 태임(太任)은 성품이 단정하고 성실하며 오로지 덕을 실행한 분이다. 그가 문왕을 임신해서는 사악(邪惡)한 빛을 보지 않았고, 음란한 소리를 듣지 않았으며, 오만한 말을 하지 않았다. 신사임당도 태임을 본받아 율곡을 비롯한 7남매를 그리 키웠고, 우리 가문의 학임당 역시 화목하고 행복한 가정을 위해 지혜와 헌

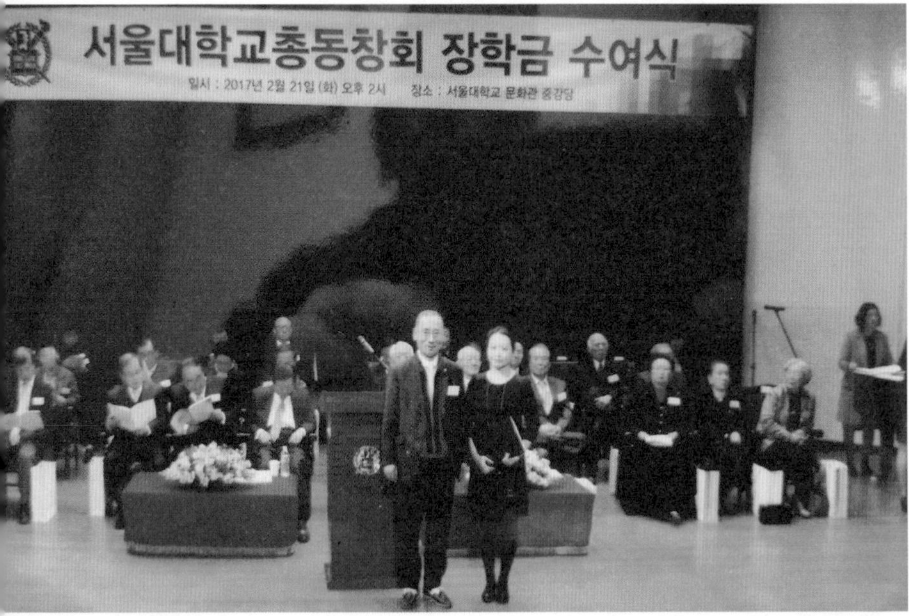

서울대학교총동창회 장학금 수여식
일시 : 2017년 2월 21일 (화) 오후 2시   장소 : 서울대학교 문화관 중강당

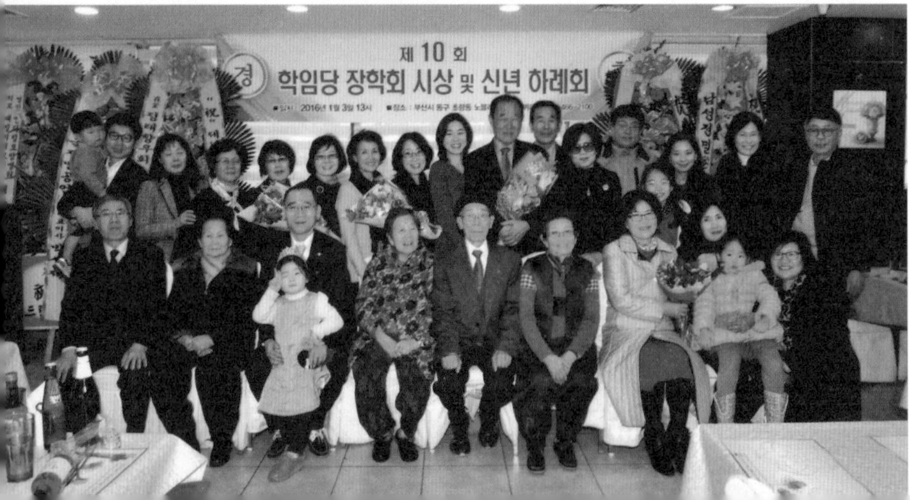

제 10 회
학임당 장학회 시상 및 신년 하례회
경

신으로 본을 보였다. 이에 그 뜻을 높이 받들어 학임당(學任堂)이
라 하였다.

학임당은 재산도 없고 학력도 없으며 젊은 나이에 남편마저 일
찍 여의었다. 더구나 6·25 동란 후 시대적 어려움까지 겹친 가운
데 난세를 견뎌내어 오늘이 있게 하였다. 이는 오늘날 행동하는
모범의 전형(典型)이 되었다. 모든 것이 열악한 가운데 한 줄기 빛
으로 살다 가신 어머니. 〈학임당 장학회〉 사업은 난세(亂世)를 살
아낸 이 땅의 이름 없는 어머니들을 추모하고 그 정신을 이어받는
데 목적이 있다.

〈학임당 장학회〉는 어려운 가정이나, 향학열이 높고 성적이 우
수하나 형편이 어려운 학생을 선발하여 장학금을 지원하고 격려
할 것이다. 따라서 매년 실시하는 장학사업이 나의 후대에까지 계
승하길 바라며 가문의 발전은 물론 사회의 밑거름이 되길 기원
한다.

: 추모집 『학임당의 향기』 발간 :

2000년 어머니의 장례를 마치고 남은 부의금으로 2007년 어머
니를 기리는 장학회를 설립했다. 매년 불우이웃이나 어려운 환경
속에서 화목한 가정을 가꾸는 가정이나, 학비가 부족한 학생을
격려하면서 어머니의 숭고한 가르침을 후세에 전하는 일에 그 뜻

을 두었다. 어쩌면 이러한 우리의 몸짓은 어머니 이름으로 켜 든 작은 등불 하나일지 모른다는 취지에서 모은 결의였다.

2011년 다섯 번의 장학금을 시상하고 수상자와 혈육들이 모여 어머니를 회억하면서 어머니의 뜻을 후손과 사회에 알리고 오래오래 보탬이 되는 추모집을 발간해야겠다는 생각을 하게 되었다. 남다른 헌신으로 가족과 집안을 보듬고 사랑한 어머니였다.

형제 모두 나이 들고 기억이 쇠하기 전에 그러한 어머니를 후손들이 본받고 우리도 그 본이 되고자 문자로 어머니를 새겨 두고 싶었다. 혹자는 동판에, 혹자는 돌에 훌륭한 이를 세우거나 기리지 않는가, 나는 어머니를 글로 남기고자 하였다.

먼저 형님과 상의하고 식구들과 다른 친족들에게 뜻을 전하고 한 자라도 좋으니 기억을 살려 어머니에 대해 써 주기를 부탁하였다. 그러나 생각처럼 내 글도 써지지 않거니와 부탁한 글들이 들어오지 않아 마음만 부산하였다. 그러구러 시간이 갔다.

실조 형님은 어머니의 행적을 더듬어 가기 위해 남해 고향마을을 찾았다. 남해군 설천면 비란리 정태마을…. 가난 하나로 닮은 고향 사람들. 고향집은 쓸쓸히 빈집이 되어 고샅을 지킬 뿐, 쉼 없이 먹거리를 주는 남해 바다와 동네 분들이 넘치는 인정으로 반갑게 맞아주었다. 그리고 어머니의 젊은 시절과 어렸던 우리 얘기를 인터뷰처럼 엮어 '손님이 되어 찾아간 고향마을'이라 제목 붙인 글을 보내왔다. 하나 같이 "니 어매만큼 고생한 사람 없을 거다, 너거 집에 와서 전실 자식들에게 참 잘했다." 그 시절 이웃들의 얘기는 어머니를 추억하기에 가장 원초적이고 진정이 묻어 있었다.

형님이 어머니를 '뒤에 오신 어머니'로 지칭하며 감나무에 비교한 글에 가슴이 뭉클했다. 감나무는 다른 수목과 달라서 좋은 열매를 심어도 기존의 감이 열리지 않고 도토리만 한 고욤감이 열리는데 질 좋은 감나무와 접을 붙여야만 좋은 감나무가 된다. 다른 개체의 생살과 섞여서 더 좋은 다른 것으로 재탄생되는 것이다. 이 과정을 비유, 형님과 어머니가 피를 섞어 살아온 생애로 살려 나타낸 것이 감동이었다. 그 외에도 '떡 소쿠리 이고 120리 길', '찐쌀로 간 수학여행' 등의 글과 형수님도 글을 보태 피 한 방울 섞이지 않은 혈육들이 피 같은 사연을 썼다.

어머니가 중매한 큰형수님의 글은 더 큰 감동을 준다. 어머니보다 불과 여섯 살이 적은 전실의 아들 큰형님의 배필을 어머니는 친정 마을에서 데려왔다. 큰형님과 큰형수님은 어머니를 전적으로 신뢰하여 선도 보지 않고 혼례를 허락하였다. 큰형수님은 어머니와 고향 동네에서 언니 아우로 부르던 사이였다. 스무 살 처녀로 전실 자식이 셋이나 있는 가난한 집 가모(家母)가 된 동네 언니를 따라 우리 집으로 시집오기까지 어머니의 품성과 우리 집의 가풍이 반듯하게 비쳐졌기에 가능했을 것이다. 큰형수님은 우리 집의 맏며느리로 지금까지 어머니의 뒤를 이어 자리를 잘 지키고 계신다. 당장 땟거리가 없던 시절, 출산한 며느리의 첫국밥을 씨나락을 찧어 끓여주셨다며 "내사 죽어도 안 잊을 거라네."라며 회상하였다.

그 외에도 어머니와 가장 많이 함께 산 동생 실재의 '그리운 어머니' 등은 막내라서 더 애틋하고 코끝이 찡한 글이다.

남다른 가족사를 어머니는 참 희한하게 푸셨다는 생각이 들곤 하는데 우리들의 외가를 바꿔 보내신 일이다. 형님은 어머니의 친정으로 보내 아들이 없는 친정집의 일손을 돕고 외가의 식구들과 의롭게 지내게 하시고, 어머니가 낳은 나와 실재는 형님의 외가에 가서 외롭게 사는 외할머니와 외숙모 수발을 들었다. 어머니 역시 친정을 아예 형님의 생외가로 삼아 수시로 먹거리를 들고 찾곤 한 것이다. 병중인 외할머니의 움딸이 되어 온갖 궂은일도 마다하지 않으신 어머니의 지혜로움은 두고두고 회자되는 어머니의 속정이다. 그래서 우리 형제들은 두 곳의 외가를 가졌다.

　막내며느리는 푸성귀 한 잎을 사서도 "어찌 이리도 탐스럽게 키웠느냐, 귀한 것을 갖고 나왔네." 등으로 덕담을 하시던 어머니의 진면목을 한 자 한 자 써 주어 책은 어느새 어머니의 이야기로 두툼하게 되었다.

　그 외, 손자녀들이 잊지 못하는 할머니에 대한 추억은 어머니의 추모를 더욱 뜻깊게 한다.

　내가 기억하는 어머니는 "출세나 돈에 너무 연연해 말아라, 행복하면 된다."로 요약할 수 있다. 매사에 감사하라, 세월마저 감사하라. 화목해라, 가족 간에는 따지지 마라, 가족은 영원한 내 편이다. 창조해라, 그것은 교육과 경영의 생명이다. 칭찬해라, 심신을 움직이는 데 그만한 약이 없다. 의존하지 마라, 의존은 자신을 망친다. 늘 어머니가 하시던 말들을 간추리면 이렇게 다섯 가지 정도가 된다. 우리 형제들은 어려운 일을 만나면 항상 어머니의 가르침을 염두에 둔다. 그리하면 어느새 길이 보이고 막힌 일들이 물꼬를 트는 경험을 하였다. 추모집을 염두에 두고 처음 시작에서 3년이란 시간을 보내면서 여러 사람의 입을 통해 어머니를 정의하면 웃음이 많은 사람, 단정하고 깨끗한 사람, 말이 헤프지 않고 진중한 사람, 참을성이 많은 사람, 심지가 곧은 사람, 다른 사람에게 너그러운 사람 등으로 정립할 수 있었다. 그러면서 많이 베풀고, 마음이 넓었으며, 무엇보다 지혜로운 사람이었다고 한결같이 얘기하였다.

책 속에는 많은 이야기가 들어 있다. 이는 우리 집안의 따뜻한 이야기이며, 우리들의 정기가 모아진 자랑거리이다. 이제 우리들은 어머니의 가르침에 부끄럽지 않은 자손으로 열심히 감사하며 행복하게 살아갈 것이다.

2014년 3월 드디어 『학임당의 향기』란 제호로 어머니의 추모집이 출간되었다.

형님은 서문에 이렇게 썼다.

"젊어서 갈고 닦은 공을 후세에 되돌려 받는다"는 진리와 "소 잡아서 제사 지내지 말고 닭 잡아서 봉양하라"는 옛말을 되새기며 서둘러 학임당 어머니의 추모집을 엮습니다. 어려운 시대를 살다간 어머니 생각에 가슴은 회한으로 가득하지만 지난 추억을 반면교사(反面教師)로 삼고자 할 뿐입니다.

학임당 어머니 탄생 100주년이 되는 2021년에 학임당의 이야기를 연극, 출판, 학술심포지엄 등으로 재탄생하기 위해 준비 중에 있다. 이는 『학임당의 향기』 추모집 발간이 가져온 쾌보로 잘 기획하여 좋은 본보기가 되기 위해 꼭 실현시키고자 한다.

10살,
맵고 아린 담배 연기와

아버지는 할아버지의 상중(喪中)에 돌아가셨다. 동짓달 열아흐레
에 할아버지가 돌아가시고 일 년 탈상을 하기 전 이듬해 동짓달
초이틀에 아버지가 돌아가셨다. 그야말로 상중(喪中)에 상(喪)을 당
하니 상주가 울다 지쳐 곡소리에 이골이 날 판이었다. 우리 집 빈
소에는 그날로부터 할아버지와 아버지의 상식(上食)을 같이 올렸
다. 할아버지 상식 세 번, 아버지 상식 세 번을 날마다 올리며 상
례(喪禮)를 하는데 지금 생각하면 호곡(號哭)이 지나쳐 가혹한 상제
(喪制)였던 것 같다. 그러나 그마저 이리도 그리우니 어찌할까.

그때의 기억은 언제나 메케한 담배 맛과 함께 되살아난다. 조석
으로 상식(上食)을 올리며 두 분이 즐기시던 담배도 올리는데, 유

제일 큰이모님 98세, 남해 화방사 요양원에서

왼쪽부터 박실조(형), 어머님, 박실규(형), 박희망(본인), 박선규(사촌)

독 담배 소임이 일곱 살짜리 내 몫이었다. 평소 담배심부름은 자주 다녔지만, 담뱃불을 붙여드린 적은 없었다. 일곱 살짜리가 담뱃불을 붙이려고 그 매운 것을 몇 모금 빨아 당길 때면 매번 재채기와 눈물 콧물이 범벅되곤 했다. 그것이 하도 고역이라 발버둥을 쳐도 어머니의 영(令)이 하도 엄중해 거역할 수 없었다.

덕분에 나는 일찌거니 담배 맛을 알게 되었다. 담배 맛은 아린 듯 매웠다. 마치 녹록하지 않은 내 인생을 예고하듯 그렇게 아리고 매웠다. 세상살이는 마치 담배 맛을 익혀가는 것처럼 눈물 나고 콧물 나며 재채기 나는 것이었다. 그래도 일곱 살짜리가 할아버지와 아버지의 상식을 올리며 그 매운 담배 맛을 견뎌내듯 세상과 맞붙어 살아내었다. 어린 나이에 겪게 된 별리의 경험은 세상을 사는 동안 특별한 힘의 근원이 되곤 했다. 어려울 때마다 그때를 생각하고 어금니를 꽉 깨물면 어디선지 극단의 힘 같은 것이 생기곤 했다.

아버지 상여가 나가던 날, 물 마른 정태마을 겨울 저수지는 꽁꽁 얼어 있었다. 출상(出喪)한 상여가 그곳에서 노제를 지내는데 나는 아버지 잃은 설움보다 정작 발이 시려 울고 또 울었다. 황망 중에 아무도 어린 상주의 양말 하나 챙겨 신길 정신이 없었던 모양이었다. 추워서 울고, 어머니가 우니까 따라 울고, 한참 울고 나니 배가 고파 울고….

더 이상 울 기운조차 없을 만큼 지쳐 있을 때 저쪽에서 동네 아주머니가 떡을 나누고 있었다. 나는 눈물을 디룽디룽 단 채로 달려가 손을 벌렸다. 그러자 그분은 떡을 쥐여주며 울었다.

필자 고등학교 시절(외할머님과 진고, 이모님 용두산 공원에서)

"하느님도 무심하시지, 저렇게 어린 상주를 두고 … 쯧쯧!"
그 후로도 동네 아주머니들은 젖먹이 동생 '실재'와 나를 보면
그때마다 눈물 부조라도 하듯 매번 그렇게 울어 주었다.
돌이켜보면 내 인생에서 그때만큼 많이 운 적이 없는 것 같다.
어머니의 곡(哭)소리에 잠을 깬 그날부터 아버지 탈상을 하는 날까
지 2년여를 울면서 보낸 것 같다. 그래서 그런지 나는 '눈물이 없

는 사람'이었다. 울고 싶어도 정작 눈물이 잘 흐르지 않았다. 나라고 왜 퍽퍽 가슴을 치며 통곡하고픈 순간이 없었겠나. 그러나 나는 울 수가 없었다.

이 나이 되어 살아온 날을 가만히 반추해 보면, 아린 듯 매운 듯 담배 맛 같은 세월이었다. 청상이 된 가난한 어머니를 모시고 정태마을 겨울 저수지 같은 세상을 살다 보니 이미 그때 흘린 눈물로 충분했다. 정말이지 모든 물기가 말라버린 가슴으로 한 생을 살아낸 것 같은 생각이 가끔 든다.

효자
반지

군 복무를 마치고 돌아온 1970년 봄에 공장 문을 다시 열었다. 입대 전부터 하던 일이라 어느 정도 자신감이 있었고, 그동안 나름대로 여러 가지 청사진도 준비한 터라 마음 같아서는 금방 자리 잡을 것 같았다. 입대 전에는 나이 어린 사업주로서 날마다 돈 걱정을 비롯한 여러 가지 책임질 일에 짓눌려 살았다고 해도 과언 아니었다. 오죽했으면 먹여주고 재워주고 입혀주는 군대 생활이 천당이라는 생각까지 했을까. 이제 잠시 쉬었으니 힘차게 다시 시작하기로 했다.

그해 음력 6월 11일 어머니의 생신이 돌아왔다. 명색이 공장을 돌리는 사장이라고 하면서도 그동안 어머니 생신 한 번 제대로 챙겨드리지 못한 나였다. 나는 그날도 기껏 담배 한 보루를 사 들고 갔으나 형님들은 그게 아니었다. 좋은 옷을 비롯해 용돈까지 톡톡하게 챙겨 오셨다. 사실, 형님들은 나와 이복형제로서 어머니가 생모도 아니다. 그에 비하면 내 손은 참으로 보잘것없어 부끄러울 따름이었다.

집으로 돌아와 여러 생각이 들었다. 공장을 꾸리느라 경제적 여력이 없긴 하지만 어느 한 부분 좀 더 절약해서라도 오늘 같은 면구함을 겪지 말아야 한다는 것이다. 그 순간 담배 생각이 났다. 아! 그래, 내가 한평생 담배를 피운다면 그 비용이 얼마나 될까. 60세까지만 계산해도 만만찮은 금액으로 웬만한 아파트 한 채에 버금갔다. 사실 나는 그때까지 담배를 피우지 않았다.

그날부터 담배를 피운 셈치고 날마다 담배 한 갑에 해당하는 돈을 저금통에 넣었다. 한 5년만 담뱃값을 모아도 금반지 하나 정도는 장만할 수 있을 것 같았다. 그동안 어머니는 그 흔한 금반지 하나 없이 지금껏 살아오셨다. 가난한 집에 시집와 아버지마저 일찍 돌아가셨으니 어느 누구도 그것 하나 못 챙겨드린 것이다.

1년쯤 지나자 저금통이 가득 찼다. 어쩌다 하루 깜박하고 지나친 날은 그다음 날 전날의 것을 보태어 저금통에 넣었으니 하루도 빠짐이 없었다. 그해 어머니 생신날에는 저금통을 깨어 통장에 넣어 드렸다. 어머니는 다른 어떤 선물보다 기뻐하셨다. 액수는 얼마 되지 않지만, 아들의 정성을 알아주시고 기특해하셨다.

처음 작정은 5년이었지만 그때까지 기다릴 게 뭐 있나 싶어 3년째 되는 해에 어머니를 모시고 광복동 금은방으로 갔다. 모자라

군 제대 후 3년 동안 매일 동전을 저축해서 만든 어머님 생신 반지

면 조금 보태면 될 일, 다섯 돈짜리 금반지 하나를 어머니 손에 딱 맞게 맞췄다. 어머니는 이 세상 어떤 반지보다 귀한 반지라면서 기뻐하셨다. 나도 덩달아 흐뭇했다.

온 가족이 모인 생신날에 어머니는 반지를 내보이셨고, 모두들 진심 어린 박수를 쳤다. 어머니는 '아들이 3년 동안 담뱃값을 모아 해 준 반지'라면서 자랑하셨다. 그리고 자나 깨나 손가락에서 빼지 않고 마치 한 몸처럼 지내셨다. 어머니가 기뻐하시니 좋고, 나는 담배를 입에 대지 않아 평생 금연을 하게 되었으니 일석이조요, 꿩 먹고 알 먹기였다.

그러구러 한 20년쯤 지나자 어머니도 늙고 반지도 낡아갔다. 세월의 주름만큼이나 어머니 손도 주글주글해졌고 금반지도 따라 쭈그러져 갔다. 그러거나 말거나 어머니의 금반지 사랑은 여전했다. 그런데 어머니가 어느 날 느닷없는 말씀을 하셨다. '반지를 자식들 중 누구에게라도 물려주고 싶다.'는 것이다. 그나마 정신 온전할 때 의미가 남다른 반지를 물려주어 오래 간직하고 싶다는 말씀이었다. 그런데 누구를 줘야 할지 난감하다고 하셨다. 5남매

중 한 사람을 꼭 집어 선택하기도 어렵고, 다섯 조각으로 나눌 수도 없다 하시며 내 눈치를 살폈다. 나는 어머니 마음 가는 대로 하시라고 말씀드렸다.

그러다가 얼마 후 어머니가 반지를 잃어버렸다. 어딘가 잘 두었던 것 같은데 영 기억이 나지 않는다고 걱정을 많이 하셨다. 나는 걱정하지 마시라고 했다. 시간이 가면 어느 곳에서 불쑥 나타날 것이라고 여러 번 위로하였다. 그러나 반지는 몇 년이 흘러도 나타나지 않았다. 시간이 더 흘러 어머니도 연세가 드시면서 점점 반지에 대한 기억을 잃으셨다. 나 역시 어머니가 반지 이야기를 하지 않으니 그 일을 아주 잊어버렸다.

영원한 것은 없다더니 사람도 가고 기억도 세월 따라 흘러갔다. 어머니가 세상 버리시고 한참 후 옛일을 정리할 일이 있어 이것저것 떠올리다 문득 반지 생각이 났다. 그때서야 '아차!' 하고 회한이 밀려왔다. 어머니가 반지를 잃고 마음 아파하고 있었을 때 왜 곧장 새 반지 하나를 사드리지 못했는지 후회가 되었다. 어머니가 그리도 아끼시던 것인데, 대를 물려 남기고 싶어 할 만큼 소중히 여기시던 반지였는데….

어머니에게 그 반지는 단순한 의미가 아니었을 것이다. 그것이 황금이라서 소중한 것도 아니었을 것이다. 어머니가 자식에게 바란 최고의 효도 선물이라 여기시고 그리도 애지중지하지 않았겠는가. 그런 반지를 잃고 얼마나 상심하셨을까. 그놈의 돈이 뭐라고, 돈 버느라 바빠 밖으로만 나돌다 어머니의 심중을 헤아려 드리지 못했다.

옛 성현의 말씀이 하나도 틀린 데 없다. 효도를 하려고 해도 부모는 기다려 주지 않는다. 철들어 돌아보니 어머니는 안 계시니 이를 어이할까. 2011년 어머니의 기일이 되어 금반지 다섯 개를 만들었다. 어머니가 끼고 계셨던 그 반지대로 '1975년 6월 11일(음)'이라 새겼다. 그것을 다섯 남매가 하나씩 나누어 간직함으로 어머니의 뜻을 오래 기리면 좋을 것 같았다. 우리는 모두 그 반지를 〈효자 반지〉라 부르기로 했다.

〈효자 반지〉는 '실아' 누님을 비롯해 네 며느리가 각각 잘 간직하다가 후일 또 누군가에게 전해질 것이다. 실제로 큰형수님은 〈효자 반지〉를 머리맡에 두시고 하루에도 여러 번 끼어도 보고 쓰다듬어 보기도 하는데, 그럴 때마다 생전 어머니와 정겨웠던 추억이 떠올라 미소 지을 때가 많으시다 한다. 기쁘고 감사한 일이다.

혹여 이 글을 읽고 누군가 〈효자 반지〉에 대해 관심이 있으시다면 행여 오해는 마시길 바란다. 기름밥 먹어가며 콧구멍만 한 공장을 돌리던 이십 대 그 청년. 그의 코 묻은 푼돈만 생각하길 바란다. 나는 지금 생각해도 그 청년이 참으로 기특해서 그냥 한 번 기록해 보았을 뿐이다.

불며 쓸며
가신 어머니

어느 날 부처님이 길을 가다가 마른 뼈 한 무더기를 보시고 그 앞에 예를 올린 후 제자들에게 남녀의 뼈를 가려 둘로 나누라고 하셨다. 이에 제자들이 난색을 표하자 '남자의 뼈는 희고 무거우나 여자의 뼈는 검고 가볍다.' 하셨다. 왜냐하면 여자는 아들딸 낳고 키움에 있어 아이 하나를 낳을 때마다 서 말 서 되나 되는 피를 흘리고, 자식에게 여덟 섬 네 말이나 되는 흰 젖을 먹여야 하기 때문이라 하셨다. 『부모은중경』에 나오는 이야기다.

어머니는 팔순을 겨우 채우시고 돌아가셨다. 평생 병마와 싸우신 것을 생각하면 오히려 장수하셨다 할 수 있으나 이렇다 할 편한 세상 한 번 살아보지 못하고 돌아가셨다. 어머니는 내가 여덟 살, 막내가 두 살 때 병석에 누워 입버릇처럼 "막내 세 살 될 때까지만 살 수 있으면 여한이 없겠다."고 말씀하셨다. 그러던 막내 나이가 쉰을 넘었다. 그러나 어머니의 병마는 평생을 따라다녔다.

어머니는 병환 중에 있으면서도 손자 손녀들을 도맡아 키워주시고, 내 사업이 어려울 때는 발 벗고 나서서 공장 기숙사까지 운영해 주셨다. 좀 더 젊었을 때는 농사와 계란 장사, 채소 장사까지 하시며 나뭇짐까지 지셨다. 건강도 좋지 않은 가운데 자식을 위해 평생 헌신하신 어머니의 뼈는 아마도 가볍다 못해 수숫대 같지 않았을까.

어머니의 건강은 일흔여덟 되면서부터 확연히 나빠졌다. 급기야 엎친 데 덮친 격으로 치매 증상까지 나타나 온 가족을 당황케 하였다. 기억력이 나빠지고 인지능력이 떨어져 잠깐씩 정신을 놓치더니, 병이 깊어져 점점 가족들마저 알아보지 못하는 지경에까지 이르렀다.

치매는 참으로 무서운 질병이었다. 그리도 깔끔하고 단아하던 분이 무너지기 시작했다. 이모님이 오셔서 "언니!" 하고 불러도 못 알아보시고, 그토록 애지중지하던 막내아들에게도 "니가 누고?" 물으셨다. 큰 며느리인 형수님에게 "니가 누고?" 하시자 형수님은 어머니 가슴에 머리를 묻고 하염없이 울다 가셨다.

그 가운데 손녀딸 미나가 "할머니 오래오래 사시면 내가 의사 공부 마치고 할머니 병을 전부 고쳐드릴게요." 하자 잠깐 정신을 차리시고는 "오냐 내 손녀, 고맙다 고마워! 아이고, 너 의사 될 때까지 내가 살 수 있을까?" 하셨다. 그러고는 이내 또 정신을 놓아버렸다.

어머니의 치매가 점점 심해지자 자식으로서는 차마 그 모습을 지켜보기 어려웠다. 지금에 와서도 그 생각을 하면 눈물이 앞을 가려 아무것도 할 수가 없다. 그런데 다행하게도 치매가 심해지면서부터 별 아픈 데는 없어 보였다. 평생 달고 사셨던 육신의 질환들이 나타나지 않아 그나마 천만다행이었다.

어머니가 정신을 놓으시자 여러 가지 후회가 뒤따랐다. 제대로 된 호강을 못 시켜드린 것은 말할 것 없고, 그중에서 남들 다 가는 해외여행 한 번 못 시켜 드린 것이 몹시 마음에 걸렸다. 친구들과 국내 관광을 두어 번 다녀오시는 것 같았으나 해외여행은 굳이 안 가시려고 했다. 건강도 건강이지만 자식들에게 경제적 부담을 주지 않겠다는 마음이 크신 듯했다.

어머니는 어쩌다 잠시 잠깐 정신이 들면 "이제 살 만큼 살았고, 손자 손녀 크는 것 다 봤으니 죽어도 여한이 없다." 하셨다. 그때마다 그 말씀이 마음 아파 그만하시라고 하면 어머니는 막무가내로 '이제 빨리 갈 길 가고 싶다.'고 하셨다.

어머니 돌아가시기 15일쯤 전이었다. 어머니의 병세가 심상찮은 가운데 새해가 다가오고 있었다. 나는 간곡한 기도와 함께 어머니에게 간청하였다. "보름만 있으면 새해인데, 팔순은 넘겨야 하지 않습니까?" 하자 어머니는 나의 말을 알아들으시는 듯 "글쎄 말이야. 참 오래 살았네." 하시고 삶의 의지를 보이셨다. 아니나 다를까. 어머니는 간신히 팔십을 채우시고 2000년 1월 2일 운명하셨다. 그날 새벽 어머니는 창백한 얼굴로 나를 맞으셨다. 어느새 차가워진 어머니의 몸은 전에 없이 작아 보여 더욱 안타까웠다.

　그렇게 어머니의 일생은 끝이 나고, 엄숙하게 장례가 진행되었다. 장지를 남해군 구두산 가족묘지로 정하고 사흘 만에 고향으로 운구했다. 어머니 태어나 80년, 시집오셔서 60년, 고향 떠난 지 40년 만이었다. 기나긴 세월 동안 산천은 변함없고, 구두산도 여전하고, 강진 바다 역시 옛날 그대로건만 어머니는 한 줌 흙으로 돌아가시게 되었다. 일가친척을 비롯한 고향 사람들과 친지들이 지켜보는 가운데 하관이 시작되었다. 나는 비통한 마음에 어머니의 극락왕생을 빌며 『부모은중경』과 헌시를 올렸다.

헌 시

구두산을 바라보니 어머니 모습 그리워
넓고 푸른 강진 바다 내려 보니 어머니 모습 그리워

그 옛날 가난할 때 이웃에서 잔치 떡이 들어오면
어머니는 바쁘다 핑계 대며 총총히 나가시고 다정하게 건넨 그 떡
정신없이 먹고 보니 그때가 철없는 열 살이라

동생과 다툴 때는 버릇없다 꾸중하여 내 편 들던 어머니
나중에야 깨달았네 분간 없이 우쭐대던 내 모습 나중에야 알았네

홀로 된 외기러기 한 해도 어려운데

오 남매를 돌보시며 한평생이 반세기라

이제는 영영 이별 기약 없는 황천길

어머니 실은 영구차를 바라보니 흘러간 50년이 보이고

어릴 적 옛일이 생생히 떠올라

어머니와 함께 지낸 시간 어찌 그리 그리운지

흘러간 추억이 슬픔이 되고 눈물이 되어 앞을 가리네

　장례를 치르고 돌아와 다시 생업에 매진하게 되었다. 어머니가 돌아가신 2000년도는 경제여건이 창업 이후 최고로 어려운 IMF 시절이었다. 그런데 기적 같은 일이 연일 이어지기 시작했다. 어찌 된 일인지 사업이 술술 풀려나갔다. 가장 어려운 조건 속에서 가장 위험한 길을 숨죽이며 나아가는 중인데, 긴장과 긴장 가운데 하나둘 해결되는 난제(難題)들이 참으로 신기하였다. 어머니가 저승길 가면서 자식 앞길을 불고 쓸며 가시는 건가. 아니면 아직도 구천에서 이것저것 도와주고 계신 건가.

　2000년부터 2003년까지 사업은 일대 전환기를 맞았다. 주식시장의 주가(株價)는 10배나 올랐다. 그 어렵고 힘든 IMF 시기에 아무도 예측하지 못한 일들이 풀려나갔다. 어머니를 보내드리며 애통한 마음이 그나마 사업의 호전으로 위로받을 수 있었다. 아무리 생각해도 지하에 계신 어머니의 도움인 것 같았기 때문이다.

이장
(移葬)

    부모님의 묘가 여러 군데 흩어져 있어 세월이 흐를수록 불편했다. 그러다 보니 누가 먼저랄 것 없이 여러 차례 가족묘지에 이장할 것을 토의하였으나 번번이 의견 차이로 무산되었다. 어느 누구 특별히 이견(異見)을 주장하지 않는데도 합일점이 나타나지 않았다. 굳이 그 까닭을 찾자면 한 가지로 추정할 수 있을 것 같았다. 우리 형제들의 내면에 존재한 남다른 가족사, 바로 이복형제의 어쩔 수 없는 간극 때문이 아닐까 하는 생각이었다.

    아버지는 삼 남매를 낳고 재혼하셨다. 실아 누님, 실규 형님, 실조 형님을 출산하신 큰어머니 '김희례' 님이 산후병으로 돌아가시자 '고복례' 어머니와 재혼하시어 나(희망)와 동생 실재를 낳으셨다.

이로써 1녀 4남의 가족이 형성되었다. 그러나 아버지는 오래 사시지 못하고 53살에 돌아가셨다. '김희례' 어머니가 돌아가신 지 84년, 아버지 돌아가신 지 65년, '고복례' 어머니 돌아가신 지 17년이 흘렀다. 게다가 집안을 이끌어 오시던 실규 큰형님이 오랜 병석에 계시다가 끝내 돌아가신 지도 23년이 흘렀다.

사실, 생존하신 분 중에 '김희례' 어머니를 기억하는 사람이라곤 실조 형님뿐이시다. 그러나 실조 형님 역시 세 살도 채 되기 전에 생모를 여의고 '고복례' 어머니가 양육하시다 보니 어머니에 대한 기억이 있을 리 없다. 그러나 사실을 부정할 수는 없다. 이미 삼 남매를 출산하신 어머니의 존재를 인정하지 않고서는 가족의 합일을 논할 수 없다. 특히 묘지의 이장과 같은 사안에서 더욱 그렇다. 서로 말하지 않아도, 서로 입 밖에 내놓지 않아도 피가 당기는 문제라고나 할까.

처음에는 그것을 인지하지 못했다. 이미 오래전에 돌아가셨고 묘지 문제도 자연히 정리한 다음이기 때문이다. 그러나 우리 이복형제가 갖는 갈등을 해소하고 하나로 뭉치기 위해서 필연적으로 풀어야 할 숙제가 있음을 알게 되었다.

2015년 4월 5일, 청명 한식을 맞아 가족묘지 이장에 의견이 모아져 작업에 들어갔다. 먼저 할아버지 할머니의 묘와 아버지의 묘를 이장하는 것이 1차 작업이었다. 남해 비란 공동묘지에서 구두산 가족묘지로 세 기(基)를 옮겨 안장하는데 실조 형님과 내가 대표로 참석하였다. 할아버지와 할머니는 합장으로 모셨고, 아버지와 '고복례' 어머니의 묘는 각각 봉분을 가지고 있으나 표지석은 합장으로 표시하였다.

이장작업은 순조롭게 잘 진행되었다. 마무리작업까지 거의 끝나갈 무렵 이장 공사를 책임진 우송석재 대표님과 그동안의 노고, 그리고 경과의 어려움 등 여담을 나누던 중 참으로 해괴한 소리를 듣게 되었다. 대표님의 입에서 큰어머니 '김희례' 님의 존함이 흘러나왔다. 혹 그분과 관계있는 가족이 아니냐는 대표님의 질문에 깜짝 놀라고 만 것이다. 이미 오래전에 하늘로 날려 보내드리고 묘지조차 없는 분의 이름 아닌가.

약 10년 전 남해 본재 공동묘지 구획정리 작업을 한 적이 있었다. 그곳에 이미 80년 전에 돌아가신 '김희례' 큰어머니의 묘가 있었고, 구획 정리 작업 당시에 묘지를 이장하지 않고 유골을 화장하여 하늘로 날려 보내드렸다. 그때 공동묘지 정지 작업을 한 사람이 우송석재 대표님이었고, 우리는 비용만 지불하고 좋은 곳에 뿌려 줄 것을 부탁한 후 돌아왔다.

당시 큰어머니의 유골을 산골(散骨)한 것은 큰형수님의 강한 뜻이었다. 큰형수님이 우리 집으로 시집오셨을 때는 이미 큰어머니(김희례)가 돌아가신 지 15년이나 된 시점이었다. '고복례' 어머니와 한집에 살면서 시집살이를 함께 하던 중 어머니와 큰형수님이 자주 병치레를 하였다. 알 수 없는 병중으로 두 분이 모두 시름시름 앓았고, 그때마다 무당은 '죽은 시어머니(김희례)가 청춘이 억울하여 하소연하느라 그렇다.'고 했다. 백약이 소용없고 병원도 효력이 나지 않자 더 자주 무당을 찾고 굿을 했다.

어쩌자고 그랬는지 무병(巫病)도 그런 무병(巫病)이 없었다. 그 누구에게 특히 시어른이나 남편에게는 말도 못 하고 어머니(고복례)와 큰형수님만 아는 비밀로 가슴에 지니게 되었다. 그러다 보니 이장 문제가 나오자마자 큰형수님은 묘를 없애야 좋아진다고 강하게 주장하셨다.

그뿐 아니었다. '김희례' 어머님의 제사가 음력 6월 14일인데, 공교롭게도 그날이 되면 종종 사고가 일어났다. 제삿날 밤에 도둑이 들고, 큰형님의 호주머니를 날치기범이 칼로 찢는 등 크고 작은 사고가 났다. 그때마다 큰형님은 "어머니가 참 안 도와주네!" 하시며 푸념을 하곤 했다. 그런 일련의 일들을 다른 형제나 조카들이 모두 기억하고 있다. 그러다 보니 큰형수님의 의식 속에 큰 시어머님을 멀리 좋은 곳으로 보내드려야 한다는 소망이 있을 수 있었다고 본다.

다시 우송석재 대표님의 10년 전 이야기로 돌아가 본다. 그날 대표님은 여러 기(基)의 묘지를 정리하던 중, 유골을 화장하여 하늘에 날려 보내라 했지만 그렇게 하기에는 너무 서운하고 후일 어느 자손이 찾을 것 같은 예감이 들었다 한다. 그래서 자신의 소유지 산에 안장해 놓고 작은 표지석을 해놓았는데, 오늘에야 마침 이상한 예감의 자손을 만난 것 같다고 한다. 당시의 표지석에 '자, 박실조'로 되어 있고, 오늘 공사하는 표지석에도 '박실조, 박실상'이 들어 있어 물어보노라고 했다.

우연치고 이런 우연이 있을까. 10년 전 묘 정지작업을 한 분이 오늘 우리 묘 작업을 맡게 된 것이다. 사연에 대한 충분한 설명을 듣고 서로 침묵만 지킬 뿐이었다. 실조 형님에게는 생모(生母)님의 문제이고, 나로서는 묘지 공사를 다시 해야 되느냐는 당면한 문제가 복잡하게 다가왔다. 물론 가족 간에 서로 생각이 다를 수도 있을 것이라 쉽지 않은 문제임에 틀림없었다.

일단 우송석재 대표님에게 고맙다는 인사를 건네고 후일 다시 의논하기로 했다. 오늘은 더 이상 거론할 문제가 아니라서 고향 남해 구두산 가족묘지를 출발하여 부산으로 돌아왔다. 이 사실을 다른 형제들이 알면 어떻게 반응할지, 형님과 나는 더 이상 복잡해질 것을 걱정하며 말을 아꼈다. 더구나 큰어머니 김희례 님은 혹시 이런 날을 희구하며 어언 80년을 기다리신 것 아니었나 하는 생각마저 드니 몹시 혼란스러워졌다.

큰어머니 김희례 님을 가족묘지로 모시게 되면 나의 생모이신 고복례 님의 위치는 어떻게 될까. 그동안 살아오면서 모든 것이 생모 고복례 님 중심으로 돌아갔는데, 구천에 떠돌고 계신 큰어머니 김희례 님을 모셔올 경우 행여 중심점이 바뀌어 버리는 것은 아닐지. 그렇다고 엄연한 사실을 모른 척 외면하기도 어렵게 되었다. 그러자 문득 생모 고복례 님과 큰형님 사이에 있었던 일화가 떠올랐다.

고복례 어머니가 시집오신 지 얼마 되지 않았을 때, 어머니가 친정 오곡리로 돌아가 버리신 적이 있었다. 전처소생이 셋이나 되고, 어려운 살림에 시부모 봉양까지 하며 살기가 녹록지 않았을 터였다. 그 와중에 아버지가 어머니를 섭섭하게 하였으니… 그때 큰형님이 오곡리로 어머니를 모시러 가서 간곡히 언약한 일화가 있었고, 그것은 오랫동안 우리 집안의 불문율처럼 지켜져 오고 있었다. 그것을 우리는 '오곡리의 언약'이라 부른다.

'큰형님은 새어머니 고복례 님에게 집으로 돌아오실 것을 간곡히 청했다. 어린 삼 남매를 가여이 보시고 제발 돌아오시면, 후일 효도를 다 하고 보람을 돌려드리겠다. 특히 장남인 자신을 믿고 살아주시면 평생 친어머니처럼 따르고 존경하겠다고 약속하였다. 이에 어머니는 장남의 진정에 감동하여 시댁으로 돌아온 후 평생 친부모 친자식으로 사랑과 존경을 약속하고 실천하였다.'

이 일화는 70년 전의 일이다. 큰형님이 오곡리에 가서서 고복례 어머니를 모셔오듯, 이제 내가 김희례 어머니를 모셔 와 큰형님의 은혜에 보답할 차례가 되었다. 형님은 새어머니를 박씨 집안으로 모셔왔고, 나는 생모가 아닌 큰어머니의 유골을 가족묘지로 모셔 오게 된 것이다. 형님은 나의 생모를 정태마을로 모셔왔고, 나는 유골이나마 형님의 생모를 가족묘지로 모셔오게 되었으니 똑같은 처지가 되어 서로의 은혜에 보답할 수 있게 되었다.

고심 끝에 결단을 내렸다. 실조 형님에게 아버지와 김희례 어머니를 합장하자고 말씀드렸다. 어디까지나 고인의 입장보다 살아 있는 가족의 화목을 위한 판단이고, '오곡리의 언약'에 이은 '구두 산의 약속'을 이루고 싶었다. 쉽지 않은 결정이었다. 그러나 고복례 어머니도 곧 내 뜻을 이해해 주실 것이라 믿었다. 이로서 우리 형제가 이복형제의 어쩔 수 없는 간극을 극복하고, 더욱 끈끈히 엮여 자자손손 화목하게 되길 염원하며 내가 모든 책임을 지기로 하였다.

큰형수님과 다른 가족에게는 차후에 설명하기로 하고, 우송석재 대표님의 사유지에 있는 김희례 어머니의 유골을 찾아 아버지와 합장한 후 표지석도 다시 만들었다. 그 옆에 고복례 어머니의 묘가 나란히 자리하게 되었다. 이제 큰형수님에게 이 사실을 잘 이해시켜드리는 일만 남았다. 사실 다른 가족들이야 이런 일에 별 관심을 갖고 있지도 않으니 오직 큰형수님에게만 잘 말씀드리면 될 일이었다. 실조 형님에게는 그마저 내가 책임지겠노라고 하였다.

공사가 끝나고 수개월이 지난 후 큰형수님을 찾아갔다. 이런저런 얘기로 운을 뗀 다음, 6월 14일 큰어머니 제삿날만 돌아오면 집안에 크고 작은 사고가 일어나던 이야기를 꺼냈다. 곰곰이 생각하니 이것이야말로 돌아가신 큰어머니가 자식들과의 정을 떼려고 일부러 그리한 것이 아니겠느냐고 했다. 그래야 새로 오신 어머니와 정붙여 화목해질 수 있을 것이라는 살신성인의 모성애요 자식 사랑이지 않겠냐고 했다. 그 숭고한 뜻을 모르고 괜히 무당 말만 듣고 놀아난 것이 안타까워 지금이라도 그분을 지극정성 모셔야 할 것 같다고 했다.

어리둥절한 큰형수님을 안정시키며 다시 설명을 이어갔다. 10여 년간 큰어머니의 유골에 소홀히 했던 것을 반성하고 그동안의 경과에 대해 말씀드렸다. 그리고 아버지와 함께 이장 안장하여 표지석까지 완료하였다 하니 한동안 아무 말도 못 하셨다. 나는 그 앞에서 눈치만 살피다가 "나중에 형수님도 가족묘지에 가실 터인데 좋은 마음으로 가셔야 큰 시어머님이 구박 안 하실 거 아니겠느냐?"면서 농을 했다. 형수님은 그때서야 웃으시며 참 잘했다고 칭찬하셨다. 나도 한숨을 돌렸다.

이장(移葬)은 잘 마무리되었다. 그 후 시제(時祭) 때와 아버지 제사 때 이장 경과보고를 했다. 한동안 얼마나 고심하였는지, 그러나 나로서는 큰 보람이었다. 남다른 가족사와 이복형제로서의 간극. 마치 묵은 숙제를 마친 기분 같기도 했다. 이후로 우리 후손들이 이러한 사실을 잘 알고 이해하여 화목의 전통으로 계승해주길 간절히 바란다.

: 이장(移葬), 남은 이야기 :

나의 아버지 박기환은 두 번 결혼하였다. '누님과 두 형님(실규, 실아, 실조)을 낳으신 먼저 어머니' 김희례는 1904년 11월 20일 출생하여 1924년 2월 4일 20세 때 아버지와 혼례를 올려 12년을 함께 살다가 1936년 8월 2일 32세의 나이에 돌아가셨다. 그 후 아버지는 나의 생모 고복례와 1942년 7월 2일 재혼하여 11년을 해로하였다. 3남이 되는 나(실상=희망)와 4남이 되는 동생 실재를 생산하여 1녀 4남의 아버지로 사시다가 1953년 돌아가셨다. 그 후 생모 고복례는 이생에서 48년을 홀로 사셨다.

아버지 박기환과 나의 생모 고복례, 부친은 저승에서, 생모는 이승에서 각방을 쓴 지 63년 만인 2016년 가족묘지에 합장하게 되어 달콤한 한방 거처를 이룬 듯하였다. 그러나 저승에서 합방한

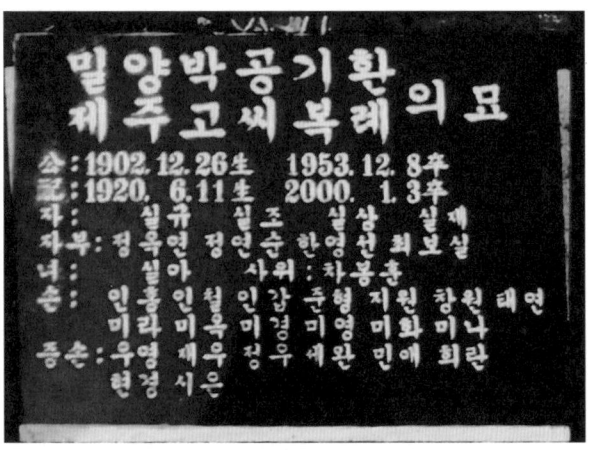

폐기된 아버지와 고복례 어머니의 묘역 표지석

새로 만든 아버지와 김희례 어머니의 합장 표지석

지 100일 만에 그 자리를 김희례 모친에게 양보하게 되는 일이 일
어났다. '먼저 어머니' 김희례는 아버지와 헤어진 지 80년 만에 박
기환 아버지와 합장을 하라는 운명이었는지 이장을 책임진 석재

회사 사장님의 야릇한 행동은 앞서 기술한 바와 같다. 고복례 생모가 영원히 각방 신세를 면하기 어려운 처지임을 스스로 명확히 각인하고 생모에게 불효의 길을 자처한 것에 대해 어머니께 용서를 구한다. 아마 어머니도 이해할 것이라 믿는다. 솔선해서 결정해야 했던 번뇌를 후손들이 큰마음이라 생각해 줄 것과 복잡하고 어지러운 머리였지만 사자(死者)보다 살아 있는 혈연들의 화목을 위해 결정한 일이라 지금 생각해보아도 잘한 일이라고 마음을 추스른다.

이번 일을 처리하면서 대정, 개국, 명치, 소화 서기 등 복잡하게 기록된 일제강점기 적 제적등본을 인터넷 지식으로 해독하면서 변화되고 발전한 세상이 흐뭇하였다.

가끔은 좁고 낮아서 이해를 못 하는 마음 안에서 모든 것을 내 무지의 탓으로 삼고 부끄러움과 부덕을 깨치며 더욱 정진하는 삶을 살게 되어 그 또한 고맙게 생각한다. 남은 시간 조상의 음덕과 남은 후손들의 슬기로 화목하게 잘 살아내고 싶은 마음 간절하다.

형님의
팔순(八旬) 잔치

　우리 형제는 4남 1녀이다. 위로 누님이 한 분 계시며 나는 셋째이고 아래로 동생이 있다. 누님은 출가하시어 형제 모임에 거의 참석할 수 없으니 4형제 중 큰 형님께서 집안의 대소사를 처리하시다 10여 년 전에 작고하셨다. 그 이후로는 둘째 형님께서 집안의 제일 큰 어른이 되셨다.

　돌이켜보면 나와 동생은 형님들의 도움으로 세상살이를 시작하게 되었다. 내가 일곱 살, 동생이 한 살 때 아버지가 돌아가시고 당연한 수순처럼 형님들이 동생과 나를 거두었다. 다행히 형님들과 나이 터울이 많다 보니 아버지처럼 따르고 이끌어 오늘에 이르렀다. 시골에서 부산으로 불러들여 주신 분도 형님들이시다. 형님

들의 도움으로 부산에 와 취직을 하고, 주경야독하여 학업을 마칠 수 있었으며, 창업과 확장 등 성공신화를 쓰게 되었다.

큰형님이 오랜 병석에서 일어나지 못하고 돌아가시게 되자 작은 형님께서 큰형님의 역할을 수십 년 하게 되었다. 작은형님은 집안의 수장으로서, 존경받는 형님으로서 손색없이 그 역할을 다하셨다. 그러는 가운데 2011년 10월(음)에 팔순(八旬)을 맞게 되었다. 그동안 한 번도 형님의 노고에 대해 보답을 해 본 적 없는 동생이기에 기꺼이 팔순 잔치를 해드리고 싶었다. 물론 형님의 자녀들도 좋은 대학을 마치고 좋은 직장에 다니는 등 다복하기 그지없지만, 자식 같은 동생으로서 예를 다하고 싶었다.

그러나 형님의 의사는 달랐다. 자녀들이 모여 팔순 잔치를 하자고 여쭈니, 한사코 사양하시다가 정 그러하다면 잔치 대신 사진 전시회를 하시겠다고 했다. 형님은 유일한 취미활동으로 사진 작

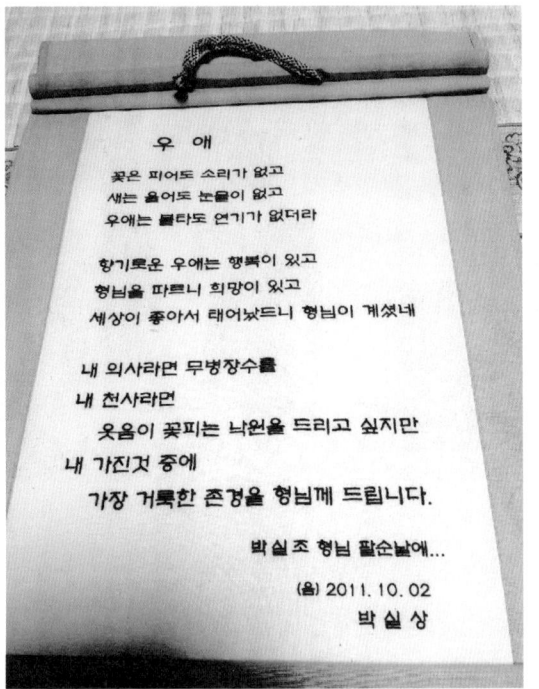

업을 오래 하셨고, 부산사진작가협회장도 역임하셨다. 결국 형님의 뜻대로 팔순 잔치는 못 하고 범일동 어느 갤러리에서 사진 전시회를 열었다. 형제는 물론 친지들이 축하해주는 가운데 성황리에 전시회를 마쳤지만 왠지 서운한 마음 그지없었다. 사진 전시회란 것이 그쪽에 관심 있는 소수인의 잔치일 뿐, 보통의 우리들에게 그다지 감동을 주지 못하는 것 같았다.

팔순 잔치란 우리들 살아온 방식대로 술과 음식을 배불리 먹고, 춤과 노래로 흥을 돋우며, 지인들과 즐겁게 회포를 풀어야 제격이라고 생각했다. 그래서 팔순 기념을 했다고는 하나 서운한 마음 금할 길 없어 잔치를 다시 하자고 제안했다. 태어나 자란 고향 정태마을 옛집에 가서 왁자지껄 터를 울리고 즐겁게 놀다 오자고 졸랐다. 형님은 한사코 사양하셨다. 자녀들에게 부담을 지우지 않겠다는 의지가 강하신 듯했다. 그렇다면 자녀 대신 나와 동생이 모든 것을 부담하면 될 것 아닌가.

남해군 설천면 정태마을 고향 마을에서 팔순 잔치를 하기로 결정하고 마을 이장님과 상의했다. 마을 주민, 남해의 일가친척, 그리고 부산의 우리 형제 가족들이 참석하는 120명 규모의 잔치였다. 먼저 마을 이장님에게 비용을 미리 보내어 마을 사람들이 음식 준비를 하고, 여흥을 비롯한 모든 행사는 부산에서 준비해 가기로 했다.

고향 떠난 지 55년 만이었다. 모진 비바람 맞아가며 기나긴 세월을 보내고 이렇게 건강한 모습으로 고향에 돌아와 팔순 잔치를 하게 되니 감개무량했다. 더구나 형님은 정태마을 거주자 가운데 남자로서 최고령자였다. 모두들 어쩌자고 팔십도 못사시고 서둘러 가버리셨는지, 옛동무를 그리워하시는 형님 모습이 짠하였다. 수구초심(首丘初心)이라던가. 가끔 고향 생각에 젖어 들던 형님의 의중을 알기에 나로서는 특히 감회가 남달랐다.

나는 형님을 위하여 노래 대신 플루트를 연주했다. '아빠하고 나하고 만든 꽃밭에 채송화도 봉숭아도 한창입니다' 하고 연주를 하자 모두들 '형님하고 나하고 만든 꽃밭에~'로 합창하였다. 아버지와 같은 형님이시기에 우애를 넘어 존경의 예(禮)를 다하였고, 형님도 내 마음을 아시는 것 같았다. 그날 형님은 시종일관 힘이 넘쳐 보였고 즐거워하셨다.

여흥은 만족스러웠다. 앞서 사진 전시회로 채워지지 않은 허전함을 유감없이 해소할 만큼 즐거운 시간이었다. 일찍 돌아가신 아버지에게 하지 못했던 효도를 형님에게 다하는 심정이기도 했다. 돌아가신 어머니도 그리웠고, 큰 형님도 그리웠다. 초대한 가수와 악단은 마치 그런 마음 다 알기라도 한다는 듯 분위기를 이끌었다. 울다가 웃다가, 노래하고 춤추며 하루해가 저물었다.

1주일 후 이례적으로 《남해신문》에 형님의 팔순 잔치 기사가 났다. 한마당 마을 축제 같았던 팔순 행사 소식과 마을 발전기금 희사에 대한 감사 광고가 실렸다.

누님의 구순(九旬) 날,
태연 반지를 받다

지난해부터 누님의 건강이 위태롭다는 얘기를 두어 번 전해 들었을 때 참으로 안타깝고 초조하였다. '그래도 90세까지는 사셔야 구순 생신을 기리기라도 할 텐데.' 하고 마음을 졸였다. 누님께 마지막 은혜 갚음을 할 기회가 무산되지나 않을까 조바심하면서 누님의 건강을 빌었다. 부디 내 이 꿈이 거품으로 돌아가지 않기를 바라고 바라면서 드디어 새해에 들었다. 그리고 누님이 약간씩 건강을 찾아가고 있다는 소식이 신년의 복음인 양 들려왔다. 워낙이 연로하신지라 당일까지 하루하루 불안하였는데 드디어 누님의 아흔 번째 생신날을 맞았다.

누님의 구순을 기리는 날. 플래카드를 걸고 오찬을 같이 하고

박실아 누님 구순 축하공연 - 태연이와 나

자 온 가족이 한자리에 모여 축하의 꽃다발과 선물, 축사와 축하 연주, 축하 발레 등 가족들의 헌신적인 도움으로 감동적인 생신 잔치를 벌였다. 그리고 누님의 장수에 모두 축하를 보낸다. 부모님 도 윗대 고조할아버지도 90세를 넘어 수(壽)하신 이가 없으니, 누님의 아흔 해 생은 우리 가문에서 첫 번째이고 마땅히 기려야 하는 날이라는 긍지가 일었다.

모든 후손들도 좋은 유전자를 가지게 되었다는 뿌듯함에 건강을 자신할 수 있겠다 싶어 누님께 감사하다고 말씀을 올린다.

생신을 기리는 의식이 끝나고 누님과 대화 도중에 누님의 손을 만지다가 손가락에 낀 황금 반지를 보았다. 자세히 보니 약 45년 전에 내가 담뱃값인 양 하고 매일 조금의 동전을 저금통에 넣어서 3년 동안 모은 돈으로 어머니께 해 드린 그 효자 반지였다. 어머니가 수십 년을 갖고 계시다가 잃어버려 애달파하실 때 어디선가 찾게 될 것이라며 위로만 했지 새로 해 드리지 못한 그 효자 반지였다. 어머니 운명하시고 뒤늦은 깨달음으로 형님, 누님을 비롯해 우리 오 남매에게 하나씩 만들어 선물했던 그 반지인 것이다. 벌써 어머님이 운명하신 지도 20년이 지났으니 나도 그 효자 반지를 잊고 있었는데 오늘 구순 날에 그것을 끼고 오셨기에 왈칵 눈물이 핑~ 돌았다. 갑자기 그 반지의 사연이 생각나서 감동이 크게 일었고, 이러한 사연을 함께한 그날의 손님들에게 내가 마이크를 들고 하나하나 설명하자 진심 어린 박수와 격려를 보내주어 흥감하였다.

그 가운데 이러한 설명을 듣고 있던 대학교 1학년생인 나의 아들 태연이가 자기도 아빠에게 이와 같은 반지를 해주고 싶다고 나선다. 지난 4년간 새벽마다 한 신문 배달료와 은행에 있는 돈으로 태연이도 우리 집안의 이런 효 전통에 동참하고 싶다는 거다. 나는 아들의 정성 어린 제안이 고마워서 태연이의 이름과 나와 아내 이름, 생일이 들어간 효도 반지를 주문했다. 이름하여 '태연 반지'라 명명했다. 나만 받기가 좀 그래서 아내보고 당신도 같이 선물 반지 하자고 하니, 아내는 벌써 받았다고 해서 한바탕 웃었다. 이렇게 해서 우리 가정에 대를 이은 효 반지의 전통이 자리하게 되었다. 참으로 흐뭇하고 고마운 일이다. 훗날 나도 이 반지를 잘

태연이가 선물한 효도 반지

보관하고 있다가 언젠가는 다음 세대에 하나의 상징처럼 유산으로 남겨야겠다. 45년 전 내 나이 28살 때 어머니께 해드린 그 황금 효자 반지가 앞으로 자자손손 올곧은 정신으로 이어져 가겠지 생각하니 그때의 치기 어린 내 결정이 금빛으로 우리 집안을 지켜 주는 것 같아 자못 어깨가 넓게 펴지는 것을 느낀다. 무엇보다 수십 년을 잘 보관하고 이 구순 날에 갖고 나온 누님이 있어 오늘의 내가 건재한 것은 아닐까, 다시 한번 누님의 한 생을 축하하고 감사의 마음을 전하게 되는 시간이다.

제4부

그리고 가족

어버이 된 자의 교육론이란

넘치지도 부족하지도 않아야 하겠지만

소신만은 확고하여야 한다고 믿는다.

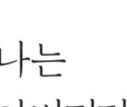

나는
아버지다

: 맹부(孟父), 맹모를 따라서 :

학창시절을 뒤돌아보면 공부 시간의 절반 이상을 영어 과목에 치중했다. 돈 벌랴 학교 다니랴 그 바쁜 와중에도 죽을 둥 살 둥 공부한 영어였다. 그러나 그것만으로는 외국인 앞에서 입도 벙긋하지 못함은 나만의 일이 아니다. 더구나 글로벌 시대에는 영어 말고도 제2외국어 한두 개쯤 더 해야 경쟁력이 있다. 그래서 내 아이들에게는 처음부터 제대로 된 외국어를 가르치고 싶었다. 문법 위주의 외국어가 아닌 실생활 외국어를 가르쳐 유용하게 쓸 수 있게 해주고 싶었다.

그때만 해도 원어민 영어를 배우기가 쉽지 않았다. 지금이야 한글도 깨치기 전에 영어캠프를 간다거나, 원어민 강사가 있는 학원에 등록한다거나, 외국인 학교에 입학시키는 등의 방법들이 지천에 널렸지만, 우리 아이들 어렸을 적엔 생소한 일들이었다. 가끔 돈이 좀 많은 집 아이들 중에 유학을 하러 가는 경우가 있긴 했다. 그러나 그러기에는 여러 가지 사정이 여의치 못했다.

이 궁리 저 궁리 하다가 찾아낸 방법이 영어권 국가의 학생을 우리 집에 들이는 것이었다. 요샛말로 하자면 홈스테이(home stay) 형식인데 외국의 유학생에게 주거(住居)와 얼마 정도의 학비를 제공하고 우리는 그에게서 영어를 배우는 것이다. 그 시절에는 그런 문화가 일반에게 확산되어 있지 않아 내가 직접 캐나다·필리핀으로 가서 적임자를 물색했다. 성적과 품행이 우수한 대학원생을 중심으로 초빙하는 형식이었다.

그때 첫째 딸 미화는 7살, 둘째 딸 미나는 5살이었고, 초빙된 선생은 한국말을 전혀 못 하는 26살 필리핀 여성으로 에디슨대학원의 우수 학생이었다. 아이들과 선생은 처음에 손짓·발짓 등으로 소통을 시작하더니 비교적 서로 빨리 적응하는 것 같았다. 얼마 지나지 않아 눈에 띄게 실력이 향상되는 것 같아 무척 흐뭇하였는데 몇 년 가지 못하고 그 선생이 결혼 문제로 한국을 떠나게 되었다. 다시 새로운 방법을 강구해야 했다.

그 당시 부산에는 하야리아 미군 부대가 있었고, 영내(營內)에 미국학교가 있어 학생들이 더러 있었다. 일이 잘되려고 그랬는지 마침 그 학교 선생인 미국인을 소개받을 수 있게 되어 과외선생으로 초빙했다. 문제가 있다면 가야동 우리 집까지 오가는 거리가 너무 멀었다. 그러다 보니 시간이 흐를수록 선생의 불만이 자꾸 커져 어떤 조치가 필요했다.

나는 지금이나 그때나 실행주의자다. 무슨 일이든 마음을 정하고 나면 행동에 옮겨 결실을 보아야 하는 사람이다. 그래서 차라리 하야리아 부대 앞으로 이사를 가야겠다고 결단을 내렸다. 내 아이들 영어공부에 그만한 환경이 없다면 이사를 못 할 이유가 없었다. 한 가지 감수해야 할 것은, 내 직장과 집의 거리가 멀어져 출퇴근이 매우 불편한 사실이었다.

이사를 하고 보니 길 하나 건너편에 영내(領內) 미국학교가 있었다. 자연히 우리 아이들은 미국 아이들과 친해지고 미국 선생의 소개로 미군 부대 출입까지 자유로워졌다. 어느새 미국 아이들이 우리 집으로 놀러 오고 우리 아이들이 그 집에 놀러 다니며 친하게 지냈다. 이보다 더 나은 영어교육환경이 어디 있겠는가. 모든 불편을 감수하며 이사를 한 것은 내 뜻에 매우 적중하였다.

게다가 생각지도 못한 일이 일어나고 있었다. 아이들이 중학교에 입학할 무렵이 되었는데 미국 친구들 틈에 끼어 영내(營內) 미국학교에 다니게 되었다. 그게 편법이었는지 아니면 합법이었는지 나로서도 잘 모르는 일이긴 한데, 영내(營內) 미국 아이들과 친하게 지내다 보니 어느새 학교도 따라다니고 있었다. 당시로는 주변 사람들이 모두 의아해하던 일이다. 아마 몇 명 되지 않는 미국 아이들 속에 한국 아이 한둘 끼워서 같이 놀게 한 것이 아니었나 생각한다.

그때가 1980년대 초반이었다. 학제 규정상 우리 아이들을 야간 중학교에 등록 접수시켰다. 낮에는 미국학교에 가서 유창한 영어를 배우고, 밤에는 한국의 중학교인 동주여중에서 공부했다. 그런데 이변이 생기고 말았다. 이듬해부터 동주여중에서 야간부를 폐지하게 되었다. 야간부에 등록할 학생 수가 모자라 더 이상 학생을 받을 수 없다는 안타까운 연락이 왔다. 내가 야간중학교를 다니던 1960년대에는 부산의 야간학교가 꽤나 되었는데, 이제 살기가 좋아져 주경야독하지 않아도 된다니 반갑기도 하고 안타깝기도 했다.

아이들은 주간으로 옮겨 정규과정을 밟았다. 그동안 조금 특별한 과정을 거친 아이들이라 교사들도 예의주시하는 눈치였다. 그러나 아이들은 별 탈 없이 잘 적응하고 성적 또한 우수하여 걱정을 하지 않아도 되었다. 사실 아버지가 조금 별난 까닭에 우리 아이들이 조금 돌아서 온 경우이다.

아이들이 여중·고를 다니는 동안 아버지로서 교감 선생님을 만날 자리가 있었는데, 혹 우리 아이들과 비슷한 경우가 있느냐고 물어보았다. 그러자 교감 선생님은 전교생 중에 아무도 없을 뿐아니라 교직 생활 중에도 본 적 없다고 하였다. 가끔 외국인 가정교사를 두는 경우를 보기 했으나 이 정도는 아니라고 했다. 학부형 중에서 별난 학부형으로 지목되어 그 후로 몇 번 학교행사에 불려 나가곤 했다. 그뿐 아니었다. 어쩌다 보니 교육대학 기성회 회장을 맡게 되었는데, 내 사정을 안 어느 교수가 농담 섞어 "보소, 중국에는 '맹모삼천지교(孟母三遷之敎)'란 말이 있던데 한국에는 맹부(孟父)가 있어요." 하면서 농을 했다.

　별나거나 말거나 아이들은 잘 자라주었고 나는 후회가 없다. 그만하면 되었지 않은가.

: 의존하지 마라 :

　자립이란 단어는 어머니 자식으로 맺어진 우리 형제들에게 너무나 자연스러운 것이다. 우리 형제들은 모두 주경야독으로 학업을 마쳤다. 낮에는 기술을 배우고 밤에는 야간학교에 다녔다. 그래서 자립 생활이 어릴 때부터 몸에 배었다. 물론 그렇게 될 수밖에 없는 경제적 이유가 있었지만, 용기를 잃지 않고 자립하도록 격려한 어머니의 공이 크다. 나 또한 그런 의지를 자녀들에게 물려주고자 여러 가지 노력을 했다.

　평소 자녀들에게 '훗날 물질적 유산은 한 푼도 없다.'고 귀가 아프게 일렀다. 심지어 아이들이 열 서너 살 무렵 서예를 배우기 시작하자 다음과 같은 글귀로 자필 서약하여 액자에 걸어 두었다.

아버지에게

黃金을 遺産으로 貪 하는 것은 어리석은 것이니 財物의 遺産을 기다리지 않을 것이며 보배로운 智慧를 遺産으로 남겨 주십시오

壬申年 智永 朴美那(12세)

부모님과의 약속

*내 마음과 몸을 가꾸는 것은 천하를 가꾸는 것이요, 불로소득은
내 마음과 몸을 병들게 하니 재물의 유산은 받지 않을 것이요, 보배
로운 지혜만을 유산으로 남겨 주십시오*

이천팔년 일월 오일 학산 박태연(10세)

어머니로부터 배우고, 주경야독하며 익힌 바로 '부잣집 자녀들
은 자칫 잘못하면 나약하기 쉽고 낭비에 물들 수 있으며 공부의
중요성을 알지 못할 수 있다.'는 것을 늘 염두에 두었다. 더구나 나
자신이 별부자도 아니면서 자녀를 부자처럼 키우는 것은 매우 위
험하다고 생각했다. 단, 교육비만큼은 끝까지 지원하겠다고 자녀
들에게 분명히 밝혔다. 따라서 본인의 능력으로 무엇이든 할 수
있게 하고, 아니면 무관심으로 모든 고생을 방치하였다. 그러면
답답한 본인이 결국 문제를 극복하곤 했다.

어느 날 둘째 딸이 심각한 표정으로 내게 물었다.
"대학 졸업 후에는 정말 아무것도 도와주지 않을 것이냐?"는 질
문이었다.
나는 마치 평소에 준비하고 있었던 것처럼 단호히 대답했다.
"수십 년 동안 한결같이 말해왔고, 유산은 없다고 자필로 적어
다짐해 왔는데 새삼스런 질문을 왜 하느냐."고 했다. 그러자 딸은,
"좋아요. 그럼 어디 한번 끝까지 해봅시다. 나는 할머니가 될 때

▲ 타래영의 자필엽서

▶ 태미나의 자필엽서

까지 학교에 다니며 공부를 계속할 것이니까."라고 불평 반 농담 반으로 대들었다. 나는,

"미나, 연구 참 많이 했구나!" 하고 웃어넘겼다.

그랬다. 학업을 계속하는 동안만큼은 수업료와 최소의 용돈과 생활비를 지원했다. 그러나 그 외의 명분 없는 지원을 삼갔다.

나는 아이들에게 인기를 얻지 못했다. 일단은 노랭이 아버지였고, 깐깐한 아버지였다. 일정한 용돈 이외에 한 푼도 호주머니에서 쉽게 나오지 않는 아버지, 아무리 어려워도 쉽게 도와주지 않는 아버지, 뭐든지 혼자 알아서 하라고 방관하는 아버지로 살았다.

또 한 가지 기술하고픈 일이 있다. 어느 날 서울에서 공부하던 딸이 방학을 맞아 김해 집으로 오게 되었다. 마침 일요일인 데에다 약간의 짐도 있고, 시험공부에 지쳐 있으니 공항까지 마중을 나와 달라고 부탁했다. 나는 집에서 쉬고 있던 중이었지만 딸의 요청을 거절했다. 그러자 딸은 집에 도착하자마자 불만을 터트리기 시작했다. 다른 집 부모들과 달리 우리 부모님은 왜 자식을 모르는 척하느냐고 툴툴거렸다. 그때도 나는 단호하게 말했다.

"그래, 나도 답답하여 말 좀 해야겠다. 사실상 나도 공항까지 너를 마중 가고 싶지만 왜 안 갔느냐, 그것은 너를 위해서다. 나 역시 20대 30대에는 일하고 공부하며 오늘에 이르렀다. 내가 경험해 보니 젊어서 고생하지 않고 부모 돈으로 비행기나 타고, 부모가 공항까지 마중이나 다니면 나중에 문제가 있을 수 있다. 가령, 결혼 후 남편의 적은 월급으로 비행기를 타고 다니기 어려울 거

고, 바쁜 남편이 공항이나 역으로 마중 나가기도 어려울 텐데 그
러면 그때마다 남편을 무능하다 원망하게 될 것이고, 급기야 그것
이 불행의 씨앗이 될 게 뻔하다. 당장을 생각하여 너를 데리러 나
가면 서로가 좋을 테지만 나는 그럴 수 없다."

그러자 딸은 내 말을 즉시에 알아들었다. 그 후로는 공항이나
역에 마중 나오라고 하지 않았다. 그런 딸들이 어느새 자라 대학
을 졸업하여 첫째는 외국은행의 직원이 되었고, 둘째는 이비인후
과 의사가 되었다. 공부를 잘하는 자녀여서가 아니라 아비의 말
을 단번에 알아듣는 자녀로 자라 준 것이 대견하다. 그 후로도 나
의 신념은 변함이 없고, 자녀들 역시 반듯한 사회의 일원으로 자
립하여 제 삶을 잘 꾸리는 것 같아 흐뭇하다.

: 야간 100리 길 걷기 :

'남성정밀(주) 야간 100리 길 걷기' 행사에는 우리 집 세 자녀뿐
만 아니라 직원들의 자녀들도 종종 참가한다. 우리 집 자녀들은
열 살부터 예외가 없다. 사실 그 나이의 어린이가 야간 100리 길
을 걷기란 쉬운 일이 아니다. 안전한 행사를 위해 앰뷸런스까지
준비했지만 어린 자녀들의 경우 중도에 포기해도 좋다는 묵약(黙
約)이 있었다.

둘째 딸 미나도 열 살이 되던 해에 처음으로 참가했다. 회사 직

원들을 비롯한 300여 명의 참가자가 일제히 환호성을 지르며 출발할 때만 해도 미나는 신기함과 호기심으로 약간 들떠 보이기까지 했다. 그러나 아나나 다를까 30리(12㎞) 지점을 지날 때쯤부터 조금씩 지치는 것 같았다. 아직 갈 길이 먼데, 안 되면 앰뷸런스에 실려 보낼 작정을 하고 예의주시했다.

미나는 어른에 비해 걷는 속도가 느리므로 일행에 뒤처지지 않으려면 더 부지런히 걸어야 했다. 다른 사람이 쉬는 시간에도 미나와 나는 걸음을 재촉했다. 어떤 때는 무리에 섞여서, 또 어떤 때는 단둘이서 열심히 걸었다. 어느새 자정이 넘고 사방은 별빛만 가득했다. 캄캄한 생림고개에 이르자 제 딴에는 얼마나 무서웠는지 내 곁에 바짝 다가왔다. 그래도 걸음을 멈추지 않는 녀석의 손을 가만히 잡아보니 땀으로 흥건했다.

출발한 지 4시간가량 지나 중간지점인 용산초등학교에 닿았다. 그곳에서 전체 인원 점검을 하고 준비된 약간의 국물과 간식으로 허기를 달랜 후 다시 출발했다. 미나의 눈치를 살피니 아직 포기할 기색은 없어 보였다. 속으로는 '이놈 봐라' 했지만 내색하지 않고 다시 걸었다. 이제부터 얼마간은 낙동강을 따라 비포장 자갈길이었다. 어두운 밤에 자갈길을 걷자니 발끝에 돌멩이가 차여 여간 아픈 게 아니었지만 칭얼거리지 않고 곧잘 따라왔다.

어스름하게 사위가 밝아올 무렵 미나가 처음으로 쉬어가자고 했다. 출발한 지 7시간이 지난 새벽 4시경이었다. 어둠에 가려 보이지 않던 미나의 표정도 조금씩 보이기 시작했다. 출발할 때의 호기심 가득한 활기는 사라졌지만 그렇다고 아버지를 원망하거나

매년 1번씩 10세부터 9년간 극기 훈련 참가

후회하는 기색은 안 보였다. 나 역시 좀 더 지켜보아야 할 따름이었다. 어차피 극기 훈련의 차원이니 어린 나이에도 견딜 수 있는 한계치를 살필 뿐이었다.

회사 차원의 극기 훈련으로 야간 100리 길 행사를 진행하면서 여러 가지 생각이 많았다. 혹간 극기훈련 자체의 부정적 여론이 있을 수 있음도 염두에 두었다. '일부러 사서 고생할 만큼 삶이 무르지 않다'는 등 '인생 자체가 극기훈련인데 아무런 도움이 안 되는 악습'이라는 등 여러 반대를 무릅쓰고 감행한 이유는 간단하다. 스스로를 이긴다거나 스스로의 한계를 극복하는 훈련이라기보다는, 회사 차원의 체육행사요 화합과 협동의 차원이었다. 어두운 밤길을 함께 걸어가며 좀 더 서로에게 가까이 다가가 보자는 목적이 내재해 있었다.

길가의 조그마한 둔덕에 기대어 10분가량 쉬고 나니 땀이 식으며 몸도 굳어지는 것 같았다. 이러다가는 오히려 역효과일 것 같아서 서둘러 다시 걸었다. 얼마를 더 걷자 100리 길 40㎞ 구간 중 35㎞ 구간이 되었다. 이 구간은 내가 평소 출퇴근하는 길이라 매우 익숙했다. 앞으로 5㎞만 더 걸으면 되는 구간이기도 했다. 그러나 이미 체력이 바닥나 더 이상 강행하기 어려웠다. 나도 이러할진대 어린 미나는 오죽하였을까.

그때 앰뷸런스가 다가와 '어린애 병나겠다.'고 차량에 탈 것을 권했다. 나는 약간 마음이 흔들렸다. 도중에 포기한다고 누가 뭐라 할 것도 아니고, 처음부터 앰뷸런스를 준비한 것도 누구든지 힘들면 포기하라고 배려한 것 아닌가. 그런데 미나가 턱 하니 나서서 "여기서 낙오하면 너무 아깝잖아요." 하면서 거절했다. 여러 사람이 지켜보는데, 다른 사람은 다 완주하는데 우리만 여기서 포기할 수 없다는 미나의 말에 힘을 내어 다시 걸었다. 그다음부터는 어떻게 걸었는지 나도 모를 지경이었다.

목적지인 회사에 당도하니 먼저 도착한 사람들이 환호로 맞아 주었다. '열 살짜리 여자아이도 100리를 걸어왔다.'면서 모두들 격려와 박수를 아끼지 않았다. 밤새 걸어온 서로의 얼굴을 마주 보며 다들 밝은 표정이었다. 이만하면 극기, 화합, 협동을 위한 '남성정밀(주) 야간 100길 걷기 행사'는 성공적이란 생각이 들었다. 그곳에 내 딸 미나가 있어서 더 큰 의미였다.

잠시 휴식을 취하고, 몸과 정신을 안정시킨 후 시상식을 했다. 미나는 모범상을 받았는데, 피곤함에 지쳐 있던 얼굴이 삽시에 생기로 가득 찼다. 기껏해야 종이 한 장이련만 시든 화초에 물을 준 것처럼 금방 생기가 돌았다. '칭찬은 고래를 춤추게 한다'더니 노력과 성과에 대한 칭찬과 보상은 실로 기대 이상이었다.

늦둥이 아들 태연이도 마찬가지였다. 중국에서 공부를 하는 중에도 매년 한 번씩 꼭 10번의 극기 훈련에 참가했다. 어릴 때는 못 가겠다고 울며 어리광을 부리더니 14살이 되자 당당한 모습으로 야간소풍처럼 즐기게 되었다. 세 자녀가 앞서거니 뒤서거니 극기 훈련에 임하는 걸 지켜보며 아버지로서 매우 흐뭇했다. 그리고 그들이 살아가면서 힘들 때마다 아버지와 함께 걸었던 야간 100리 길을 기억하길 바랐다. 나 역시도 마찬가지였다. 꼬맹이들을 데리고 걸었던 어두운 밤길의 기억만으로도 힘든 삶에 도전해야 할 이유가 충분했다.

: 아들의 멘토가 되고 싶어 배운다 :

막내가 태어났다. 두 딸에 이어 드디어 사내 녀석이 선물처럼 태어났다. 업무차 중국 남경으로 가던 중 막내의 출산 소식을 듣고 기쁜 마음에 당장 달려가고 싶었으나 마무리해야 할 일정이 발목을 잡았다. 내가 할 수 있는 것이라곤 고작 축하 화분을 보내는 것과 아내의 노고에 대한 위로 메시지 전송이었다.

두 딸이 태어났을 때도 별반 다르지 않았다. 곰곰이 생각해보니 참으로 아비로서 한 게 없었다. 아이들이 태어나고 성장할 때 나는 뭘 하고 있었던가. 오로지 돈 버는 아버지로서의 역할만 내 것이었던 것 같다. 자녀들과 함께 놀아 본 기억이 별로 없으니 그들 또한 아버지와 놀아 본 기억이 없을 것이다. 뒤늦은 후회와 새로운 희망이 묘하게 교차했다.

어느새 아들이 4살이 되었다. 두 딸들에게서는 느껴보지 못했던 사내 녀석의 활동성에 날마다 혼이 빠질 정도였다. 그 가운데 이 녀석이 훌라후프를 돌리기 시작했다. 어디서 배웠는지 제 키보다 큰 후프를 허리에 감고 돌렸다. 나는 몹시 신기하고 대단하다는 생각이 들어 당장 따라 해 보니 쉽지 않았다. 그날부터 약 1개월간 맹훈련을 하니 서툴게나마 녀석과 함께 놀아 줄 수가 있었다.

다시 1년이 지났다. 어느 날 무심히 보니 다섯 살 꼬마가 인라인스케이트를 슬금슬금 타고 있었다. 어라! 나도 배워야 하겠다 하고는 단박에 인라인스케이트를 사 들고 왔다. 아들과 함께 놀려면 나도 배울 수밖에 없지 않겠는가. 내가 배울 수밖에 없었다. 인라인스케이트 역시 약 1달 정도 연습을 하니 어느 정도 아들과 함께 놀 수준이 되었다.

인라인스케이트는 다소 위험한 운동이었다. 보호 장구를 착용해야 하고, 안전수칙을 지켜야 했다. 그러나 스릴과 함께 집중력과 전신운동 효과가 있어 매우 즐거운 놀이였다. 이렇게 배운 인라인스케이트는 수년간 아들의 손을 잡고 놀 수 있는 놀이가 되었다.

아들이 초등학교에 들어가자 학교에서 취미활동을 하게 되었다. 아들은 바이올린을 선택하고 열심히 배우기 시작하더니 쉬운 곡 정도는 제법 연주하게 되었다. 나도 악기 하나쯤은 배워야 할 것 같은 생각에 플루트를 선택했다. 그러고는 아내에게도 함께하기를 권했다. 아들과 아내와 내가 합주하는 모습을 상상하자 갑자기 행복해지고 근사한 느낌이 들었다. 내가 해보자는 생각에 약 6개월 정도 배우고 나니 쉬운 곡 위주로 몇 곡을 아들과 함께 연주할 수 있었다.

바쁜 시간을 쪼개어 레슨과 연습에 매진하였다. 아들과 함께하니 더욱 즐겁고 보람된 시간이 되었다. 아무리 바빠도 아들과 함께 연습하고 연주하는 일요일을 기다리며 시간 가는 줄 몰랐다.

태연이와 같이 인라인스케이트 5년

또 수년이 흘렀다. 고물고물하던 녀석이 이제 중학생이 되었다. 제법 어깨가 벌어지고 체취가 강해져 사내 티가 나기 시작했다. 중학생이 되자 취미 선택도 예전과는 좀 달라졌다. 학업에 대한 스트레스가 생기기 시작할 무렵이니 몸 쓰는 쪽의 취미생활이 도움될 것 같아 탁구를 권했다.

아니나 다를까. 중학교 2학년부터 배운 아들의 탁구 실력이 6개월이 지나자 일취월장하여 같이 배운 나로서는 도무지 따라갈 수 없게 되었다. 아들 몰래 더 많은 연습과 열정을 쏟는데도 좀처럼 당해낼 수가 없었다. 아들을 이겨 먹으려고 안간힘을 쓰며 뻘

태연이와 같이 탁구 경기

뻘 땀 흘리는 아비의 모습이라니… 드디어 아들이 고등학생이 되어 학교 수업 관계로 탁구를 못 하게 되었다. 기회가 왔다. 연습을 못 하는 아들에 비해 느리지만, 꾸준히 연습한 아비가 어느 날 비등한 경기를 하게 되었다. 그래 보아야 기껏 보통 실력 정도이련만 아들 덕에 배운 탁구 실력이 대견할 뿐이다.

수영도 마찬가지다. 아들이 수영을 시작하자 나도 따라나섰다. 다행히 수영만큼은 내가 먼저 배웠으니 한 수 위라고 생각했다. 그러나 나의 수영은 고향 앞바다에서 멱 감고 놀던 생존형(?) 수영이라 아들의 수영과 차원이 달라 그것 역시 별 우월할 일도 아니었다.

아들 덕분에 아니, 아들과 놀아보려고 참 여러 가지를 배우게되었다. 훌라후프, 인라인스케이트, 플루트, 탁구, 수영 등 아들 아니었으며 내 생애 한 번도 접해보지 못할 것들이었다. 앞으로도 아들과 함께 새로운 영역에 도전해 보고 싶은 의욕을 버리지 못하고 살아간다. 예를 들자면, 아들과 함께 골프를 즐기는 모습 등은 상상만으로도 즐겁고 희망이 샘솟는다. 그러나 나 혼자만의 꿈이 될 공산(公算)이 크다. 왜냐하면 아들은 어느새 쑥쑥 자라 내 품을 떠날 것이기 때문이다.

아들과 함께할 기회가 점점 줄어들고 있음을 인지하지 않을 수 없다. 하는 수 없어 나 혼자 놀아야 할 시간들을 위한 준비가 필요해졌다. 그러나 한 사람의 성인으로 독립하게 될 아들을 지켜보는 아비의 마음은 이미 만족이다. 그동안 함께한 시간이 행복했다. 얼마나 다행한가. 아들과 놀고 싶어 아들의 취미 속으로 과감히 뛰어든 세월이 있어서 감사하며, 이러한 취미 활동을 아내가 하지 못한 덕분에 내가 배울 수 있게 되어서 감사하다.

: 맹인축구대회 :

몇 년 전 신문에 실린 '맹인축구대회'에 관한 기사를 읽고 경기를 풀어나가는 방식에 궁금증이 생겼으나, 대회 개최장소가 수원이라 거리상의 문제가 있었고 급한 것도 아니고 하여 다음에 기회가 되면 볼 것을 기약하였다. 그러나 기회는 흔치 않았다.

그런 맹인들의 축구대회가 열렸다고 했다. 벌써 몇 년이나 된 이야기이다. 대학생이 된 태연이가 여름방학을 맞아 남성정밀의 아르바이트생으로 근무한 지 약 일주일이 지났을 때였다. 나는 태연이가 더욱 용감하고 자신감 넘치는 대학생으로 성장하는 데 맹인

웃 음

이것은 별로 소비되는 것은 없으나
생산하는 것은 많으며,
이것은 주는 사람에게는 해롭지 않으나,
받는 사람에게는 사랑이 넘치고,
순간의 마음으로 생겨나서
그 기억은 길이 남으며,
이것 없이 참으로 부자가 된 사람도 없으며
이것을 가지고 있으면서 정말 가난한 사람도 없다.

이것은 가정에 행복을 더하며
사업에 호의를 갖게 하며
친구사이를 더욱 가깝게 하며
피곤한 사람에게 휴식이 되며
실망한 사람에게는 소망이 되고
슬픈 사람에게는 위로가 되고
인간의 모든 독을 제거하는 해독제이다.

그러면서도
이것은 살수도 없고
팔수도 없는
이것은 엔돌핀의 응답샘이다.

                                    박 희 망

축구대회 참관이 새로운 동기부여가 될 것으로 생각되었다. 참관에서 나아가 사정이 허락하면 맹인들과 함께 축구에 참여할 뜻을 세우고 전국적으로 맹인 축구장을 찾았는데, 마침 김해에서 가까운 부산 구포동에 맹인 축구장이 있었다.

매주 수요일 저녁 18시부터 약 150분을 경기한다는 정보를 입수하고 며칠을 기다리면서 참관을 요청하였으나, 일반인의 참관을 허용하지 않는 내부규정 때문에 좀처럼 허락을 받지 못하였다. 그러나 다음 날 다시 맹인 축구감독을 찾아서 전화상담을 한 끝에 겨우 허락을 받아 내었다.

경기 참관을 위하여 태연이와 같이 수요일 18시에 맹인 축구장을 찾았는데, 조그마한 풋살 축구장에 한쪽 선수 규모는 보통 8명이고 때로는 5명이기도 했다. 이곳은 맹인의 집, 곧 장애인의 집이었다. 여름이라 무척 무더웠으나 18시가 되니 구포 낙동강 바람이 제법 불어서 약간은 시원했다. 감독에게 인사하고 약 30분쯤 구경을 하다가 선수들에게 준비해 온 아이스크림을 나눠주고 함께 먹으면서 대화와 소통의 기회를 얻었고, 어설프나마 나도 같이 축구경기에 참여했다.

맹인 선수들이 사용하는 축구공은 보통의 공과는 달리 속에서 어떤 소리가 나는데, 공이 멈추면 소리가 나지 않고 공이 굴러가면 소리가 난다. 맹인들은 이 소리를 듣고 공을 찾는데 상당한 수준의 축구 실력을 보였다. 내가 감당하기 어려울 정도로.

공이 멈추면 소리가 나지 않으니 그 행방을 빨리 찾지는 못해 한두 번의 실수는 하였으나 곧 공을 찾아서 경기가 진행되었고,

팀끼리 서로 소리를 내고 들으면서 패스를 하였으며, 비교적 정확하게 골대의 위치를 파악하고 있었다. 눈이 보이지 않으니 서로에게 부딪히면 많이 다칠 것 같은 예감이 들었으나 예상보다 무척이나 돌격적, 공격적인 경기가 진행되었다.

조금은 무섭다는 느낌이 들었다. 어쨌거나 맹인이 축구를 저렇게 잘할 수 있다는 것을 직접 보고 느끼니, '역시 인간의 노력은 끝이 어디인지 알 수 없다.'는 생각과 '장애인이 아닌 우리는 무슨 불평을 하겠는가? 이것을 보면 크고 작은 장애는 보약으로 삼아야 하지 않을까? 우리가 보통 힘들다고 말하는 것은 너무 허약하고 궁색한 변명이 아닐까?'에 관해 생각하게 되었다.

이렇게 경기에 참여하고 담소를 나누며 약 20시에 태연이와 같이 축구장을 나왔다. 오늘의 맹인 축구경기 참관과 참가가 우리 인생의 거울이 되고 용기의 씨앗이 되기를 염원하면서.

: 극기훈련 :

우리 집 1남 2녀의 자녀들은 모두 만 10세에 들면 야간 100리 길 걷기 극기훈련을 해야 한다. 자녀뿐 아니라 온 가족이 전부 이 훈련을 경험해야 하는데, 나는 매년 1~2번씩 43년간 해 오고 있으니 50번 이상은 한 셈이 된다. 이는 가족 차원이 아니라 내가 경영하는 남성정밀(주) 회사의 전통이기도 하다.

남성정밀(주)의 야간 100리 길 걷기 행사는 주로 12월 30일에 하는 것이 원칙이나 사정이 있으면 1월 중으로 실행한다. 43년 전에는 여름에 하기도 하고 겨울에 하기도 했다. 그러나 10년 전부터 극기훈련에 더해 한 해의 결과 발표를 동시에 하는 행사로 자리 잡으면서 12월 30일이 가장 적당한 날이 되었다. 한 해 두 해 이 행사를 시행하다 보니 자녀들의 건강한 정신과 체력, 인내심 등을 키우는데 매우 좋은 기회라 생각되었다.

　큰딸 미화는 12세에, 미나는 10세에, 태연이도 10세에 이 훈련을 시작했다. 춥고 어두운 밤길 100리를 아버지와 함께 걸으며 많은 것을 느끼게 하고 싶었다. 내 손에 그 작은 손을 담아 쥐고 차마 말로서 전하지 못했던 여러 가지 것들을 전하고 싶었다. 한 해 두 해 거듭하며 아이들이 성장하는 것을 지켜보게 되었고, 그들 또한 조금씩 자신의 성장을 느껴가는 것 같았다.

　태연이는 만 10세부터 매년 한 번도 그르지 않고 10회나 참가했다. 남성정밀(주)의 중국공장에는 매년 여름에 이 행사를 진행하는 관계로, 태연이는 매년 2번씩이나 참가할 때도 있었다. 왜냐하면 태연이는 중국에서 학교를 다녔기 때문이다. 여름방학과 겨울방학을 맞아 연 2회 야간 100리 길도 모자라 해병대 출신들이 하는 해병 극기훈련 1주일까지 경험하게 되었다.

: 신문 배달 :

태연이가 중국에서 돌아와 한국서울교육대학 부속초등학교 6학년에 입학하면서 서울 생활이 시작되었다. 그동안 부산 해운대 외국인유치원 2년을 거쳐, 중국 상해 미국학교 유치원과 미국인 초등학교에 다녔다. 나 역시 한 달 중 절반은 중국 상해의 사업장에서, 절반은 한국의 사업장에서 생활해야 했기에 상해 복단대학 총재반 입학을 했다. 어느 정도 중국어가 익숙해질 무렵 복단대학을 졸업하게 되었고 다시 상해교통대학 부동산학과에 들어갔다. 이역만리 중국 땅에서 부자(父子)가 외국어와 씨름을 하며 보낸 세월이었다. 아내 역시 말도 통하지 않는 곳에서 가족의 뒷바라지를 하느라 고생하긴 마찬가지였다.

한국에 돌아와 강남의 초등학교에 태연이를 입학시키고 보니 그동안 자연스럽게 3개 국어를 접하게 된 것은 좋으나 한편으로 미흡한 구석이 없지 않았다. 귀한 자식일수록 고생과 불편을 알게 해야 한다는 생각이 든 것이다. 그래서 서울 생활 6개월 만에 새벽 신문 배달을 권하고 설득하였다. 아내는 처음에 당연히 반대하더니 고맙게도 곧 내 의견을 따라주었다. 그해 아내의 생일날 태연이는 신문 배달을 시작하였다. 태연이는 '어머니께 드리는 생일 선물로 신문 배달을 시작'하겠다고 했다. 태연이의 나이 13세 때였다.

신문 배달을 하여 받은 월급은 꼬박꼬박 저축하였다. 생애 첫 노력의 대가로 받은 저축액을 보며 태연이 역시 아마도 뿌듯하였

4년째 신문 배달 모습

으리라. 그러던 어느 날, 중년 남자 한 분이 과일바구니를 들고 찾아왔다. 얼마 전 새벽에 급한 사정이 생겨 1층에서 엘리베이터를 기다리는데, 층마다 멈추었다가 내려오는 엘리베이터에 신문 배달 소년이 혼자 타고 있더라고 한다. 그래서 순간적으로 큰 소리로 화를 내며 꾸중하고 헤어졌는데 시간이 지나 곰곰이 생각하니 미안하고 후회스러워졌다 한다. 자기 자식 같은 어린 소년이 이른 새벽에 신문 배달을 하는데 기특하다 칭찬은커녕 화를 내고 헤어졌으니 마음이 아파 수소문하여 찾아왔다고 했다. 그분은 태연이에게 사과와 칭찬을 아끼지 않고 돌아가셨다.

어느 날은 밥을 먹다가 후다닥 뛰어나가기도 했다. 알고 보니 깜박 잊고 빠트린 집이 생각나 급히 나가서 신문 배달을 하고 돌아와 학교에 갔다. 어떤 때는 승강기 내부의 등이 어둡다고 관리사무실에 가서 교체해 달라는 요청을 하기도 했다. 또 어떤 때는 늦잠을 자서 신문 배달이 늦어지고, 등교까지 늦어져서 학교 교문이 닫혀 담을 넘어서 학교에 들어가기도 했다. 그런가 하면 신문 배달 1주년이 되는 날 학급 친구들에게 고급 피자를 한턱 내겠다고 선생님께 상의 드렸다. 담임선생님은 '다른 사람과 달리 본인의 노력으로 파티를 하겠다는 태연이의 요청을 거절할 수 없어' 동의했다고 한다. 어느 선생님은 '신문 배달을 태연이가 좋아서 하는지, 아빠가 시켜서 하는지' 질문을 하였다고 한다. 그러자 처음에는 아빠가 시켜서 어쩔 수 없이 했지만, 지금은 제가 좋아서 자발적으로 한다는 대답을 했다.

후일 태연이는 그 시절을 돌아보며 여러 가지 생각을 할 것이다. 중도에 아토피가 심해 1주일씩 배달을 못 한 적이 있는데 그때는 제 엄마가 대신해 주었고, 가끔씩은 나도 같이 해주었다. 특히 시험 기간이 되면 시간이 모자라 그만하겠다고 하는 바람에 2번씩이나 중단될 뻔했지만, 신문 배달은 4년간 계속되었다. 그때마다 끈질기게 설득하여 계속할 수 있었다. 그런 것들을 떠올리며 말로써 다하지 못한 부모의 깊은 마음까지 이해해 주길 바랄 뿐이다.

: 피라미드 교육법 :

한 아이가 있었습니다. 아이의 학업 성적은 매우 낮았습니다.

그래서 아이의 할아버지가 아이의 성적을 올릴 묘책을 생각해 내셨습니다.

"손주야, 할아버지는 학교를 다니지 않아서 모르는 게 정말 많구나. 넌 학교에 다녀서 정말 좋겠다. 배우는 재미도 있고."

그러자 손주는 할아버지에게 이런 제안을 합니다.

"할아버지, 그럼 제가 학교에서 배운 걸 가르쳐 드릴까요?"

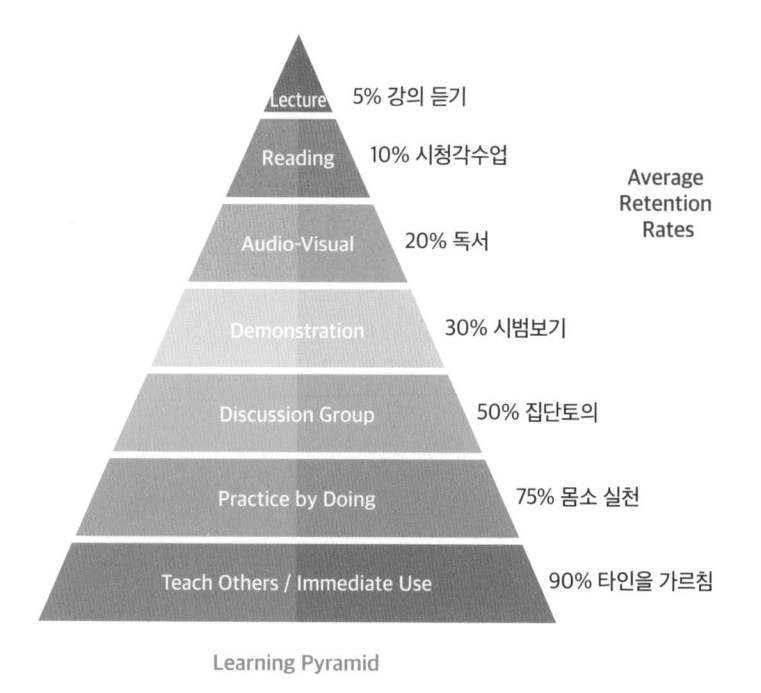

Learning Pyramid

아이는 그날 이후 학교 수업에 집중합니다.

왜?

배워서 할아버지께 알려드려야 하니까요.

결국 아이는 자라서 훌륭한 학자가 되었답다.

매일 할아버지를 가르쳐 드리면서 실제 더욱 많이 배우게 된 사람은 바로 그 소년이었기 때문이지요.

: 끝내 못다 한 것 :

인풋(input) 교육과 아웃풋(output) 교육에 대해서 많은 생각을 한 적이 있다. 무엇을 배웠느냐에 관한 견해가 인풋(input) 교육이라면, 그것을 잘 소화해 내어 어떻게 표현해 내느냐는 아웃풋(output) 교육이다.

우리나라의 수업은 인풋 형식으로 하루 5~6시간 학교 수업을 선생님의 설명과 시청각 교재 활용으로 대부분 구성한다. 방과 후에는 다시 학원으로 옮겨서 이와 유사한 형태의 수업을 연장한다. 인간의 뇌는 한계가 있어 실제 강의 내용 중 5% 정도만 저장되거나 표현해 낼 수 있다고 하는데 실로 비효율적이란 생각이 들지 않을 수 없다.

아웃풋 교육은 학습한 내용을 말(구술)이나 글(논술)로 재구성하는 것인데, 배운 것을 남에게 설명하고 이해시키려면 본인이 더욱 집중하고 잘 이해하여야 한다. 그야말로 가장 이상적인 교육방법이라는 생각이다. 실제 영국의 처칠 수상과 우리나라 삼양그룹의 자녀들도 이와 유사한 교육을 받았다고 한다.

그래서 태연이에게도 그렇게 해보자고 제안을 하였다. 가정형편이 어려운 친구나 가정교사를 우리 집에 들여 그날 배운 것을 서로 설명하고, 부족한 부분에 대해 도움을 주고받으며, 서로 경쟁과 멘토가 되어 성장해나가는 것이다. 그러나 아내와 태연이에게는 나의 능력 부족으로 설득을 못 하였다. 아내는 아내대로 집안에 사람 들이는 것 자체를 싫어하였고, 태연이는 지금의 학습량만으로도 진도를 따라가기 힘든 상황이라며 받아들이지 않았다. 요즘은 '입주가정교사는 물론 친구 집에서 학교를 다녀야 할 만큼 어려운 친구'가 없다는 이유도 거론되었다.

결과적으로 가족의 의견을 존중하여 내 뜻을 접을 수밖에 없었다. 그러나 그 후 오랫동안 아쉬움이 남았다. 무엇보다 태연이가 지나치게 제 어머니의 눈치를 보는 것도 아쉬움 중의 하나였다. 중국 생활을 접고 한국으로 돌아온 후 태연이와 아내는 서울에서, 나는 김해에서 주로 생활하다 보니 어쩔 수 없이 제 어머니에게 전적으로 의존하는 것을 느끼게 되었다. 물론 아직은 미성년자이기 때문에 어쩔 수 없을 것이다. 그러나 하루빨리 제 어머니의 품에서 벗어나서 자신의 의지대로 판단하고 행동하는 날이 오기를 기대해 본다.

약속과
다짐

: 사랑의 결혼 예물 :

딸 미나가 성장하여 어느새 결혼 적령기에 접어들었다. 부모 마음이야 하루속히 좋은 사람과 짝지어 잘 사는 것을 보고 싶지만 정작 본인은 자신의 일에만 열중할 뿐 결혼에 무심했다. 서른세 살이 되자 조급한 부모 마음에 더 이상 보고 있을 수 없어 그럴만한 사람을 소개해도 거절하기 바쁘니 난감하기만 했다. 몇 번 그러고 나니 중매도 버거워지고 중매하는 사람 보기도 민망스러워졌다. 더구나 직업이 의사이다 보니 좀처럼 맞선 보는 시간을 잡기도 어렵거니와 기껏 정한 시간조차 병원에서 호출하면 연기하기 일쑤였다.

그렇다고 하염없이 그냥 두고 볼 수 없어 어찌어찌 맞선을 보았는데, 다행히 서로 관심을 갖는 것 같았다. 한 번 만나고 두 번 만나며 분위기는 좋아 보였다. 그러나 서로 간에 확실한 대답을 좀체 들려주지 않았다. 그러던 중 총각이 미나 집에 잠시 들렀다가 몇 가지 눈여겨본 것이 있었다고 한다. 바로 미나가 만 10세 때 야간 100리 길 완주 극기 훈련을 마치고 받은 기념패와 중·고등학교에서 여러 번 전교 1등을 하고 그때마다 받은 축하패였다. 총각은 그것을 보고 마음을 굳혔다고 후일 털어놓았다.

결혼을 하는 과정에서 예물 문제로 잠시 난감해졌다. 평소 검소하기 이를 데 없던 딸이 유명 브랜드의 고가품을 원했다. 사돈 측의 의사와는 무관하게 순전히 딸의 간절한 요구인지라 더욱 당혹스러웠다. 처음에는 당연히 딱 잘라 거절하였다. 그러나 일생에 단 한 번이고, 처음이자 마지막이며 행여 두고두고 원망이 되지 않으려는지 걱정되고, 가족 모두가 딸의 요구대로 해주길 권하는 바람에 일단 허락을 하였다. 그러고는 명분 찾기에 고심했다. 왜냐하면 잘못 이해할 경우 졸부가 돈 자랑 한다는 오해를 받을까 걱정되었기 때문이다.

고심에 고심을 더하던 중 예물에 이름을 붙여 보았다. 내 마음을 이름 몇 자로 다 전할 수야 없지만 아주 조금이라도 이해해주길 바람에서다. 하지만 그것도 쉽지는 않았다. 만들고 고치고 지우고 다시 짓는 데 한두 달이 걸렸다. 만년필에는 愛章筆(애장필), 지갑은 愛穀間(애곡간), 허리띠는 愛龍帶(애룡대)로 지었다. 그러고는 고급 인쇄를 해서 깨끗이 새겼다.

애장필(愛章筆)의 뜻은 이렇다. 수많은 한자 중에서 사랑 '愛'보다 더 귀한 글자가 없다고 본다. 결혼하는 사람들에게 사랑을 빼면 이야기할 것이 없다. '章' 자는 문장의 文(문)이나 奎(규)보다 더 고귀한 글자이다. 개인의 인장(印章)이나 국가의 소중한 훈장(勳章), 『훈민정음』과 『조선왕조실록』과 『동의보감』을 보관하는 규장각(奎章閣)에도 '章'을 뽑아 올렸다. '筆' 자는 정성을 다하라는 당부다. 반듯한 마음으로 가장 수려한 문장을 구사하라는 당부이다.

애곡간(愛穀間)에는 돈만 넣지 말고 사랑도 함께 넣으라는 당부를 담았다. 사람이 돈만 사랑하면 타락하기 일쑤이다. 재물을 앞세운 출세보다 사랑을 앞세운 출세가 오래가고 명예롭다. 부디 애곡간(愛穀間)에는 돈 그 이상의 것을 함께 보관하길 바라는 마음이다.

애룡대(愛龍帶)란 신랑이 용띠생이기 때문이다. 신랑과 신부가 사랑의 끈으로 오래오래 행복을 엮어가라는 당부다. 영원히 변하지 않는 황금 버클에 '愛龍帶'를 새기고 보니 그 의미가 영원할 것 같아 참으로 흐뭇했다.

상견례 하는 날이 되었다. 예비 신랑과 신부에게 선물을 주며 '혹 애장필과 애곡간과 애룡대의 뜻을 아느냐'고 물었다. 사전에도 없는 말이니 아무리 많이 배웠다 한들 알 리가 만무함은 당연하다. 그래서 양가의 가족이 보는 가운데 그 뜻을 차근차근 설명하고 이것이 나의 당부라고 조심스럽게 밝혔다. 다행히 본인들은 물론 양가 가족들이 내 마음을 이해해 주는 것 같았다. 나 또한 보람 있는 선물에 위안이 되었다.

: 행복을 위한 3년 계획 :

오래된 부부는 편안하다. 특별히 불만스러울 것도 없으며 그다지 다툴 일도 없다. 그렇다고 일상이 언제나 행복한 것은 아니다. 날마다 재미있거나 두근거리지도 않는다. 그야말로 뜨겁지도 차지도 않은 무기력한 하루하루를 함께 한다. 뭔가 변화를 가져올 수는 없을까. 살아오는 동안 수많은 역경을 헤쳐 오늘에 이르렀거늘, 사랑하는 아내의 마음 하나 행복하게 해주지 못하다니. 아내와 함께 다시 신혼처럼 살 수는 없을까. 그래서 이런저런 계획을 시도해 보았다.

'행복을 위한 3년 계획'은 생각만으로도 이미 행복해지기 시작했다. 이것이 완전한 답이 못될 줄 뻔히 알지만 해보지 않는 것보다야 훨씬 낫지 않을까 하는 마음이다.

<행복을 위한 3년 계획>

1) 아내에게 하루 한 가지 이상의 칭찬과 감사를 한다.
2) 아내에게 공인중개사 시험을 권유한다.
3) 시간이 허락하는 한 청소와 설거지 등 아내의 일상사를 돕는다.

4) 일 년에 두 번 정도(설, 추석) 솔선하여 대청소를 한다.

5) 아내에게 감사일기를 쓰도록 권유한다(나는 감사일기 쓰기의 모범을 보인다).

6) 가정에서의 대화는 '상대의 기분이 좋으면 금언(金言)이지만, 기분이 상하면 잔소리'임을 공감하고 생활화한다.

즉, 말하는 사람의 판단이 바르다고 하는 것은 소용없고, 듣는 사람의 판단이 중요하고 행복을 결정한다. 즉, 듣는 사람이 잔소리라고 하면 잔소리고 명언이라고 하면 명언이지 말하는 사람은 소용없는 것이다.

전에 하지 않던 행동을 시작하자 아내는 잠시 어리둥절한 모양이었다. 그러나 매일 칭찬과 감사의 인사를 하다 보니 분위기가 조금씩 달라졌다. 나 역시 감사와 칭찬 거리를 찾는 것 자체가 즐거워졌다. 예를 들자면 다음과 같은 것들이다.

아들의 생일을 맞아 축하 화분을 보내며 '축, 생일'과 또 다른 리본에 '그날의 산통을 위로합니다', '증, 사랑하는 가족'이라 리본에 적었다. 그리고 '산통 위로금'이라 적은 금일봉을 넣어 주었다. 이것은 사랑하는 아들을 출산한 아내의 노고에 대한 위로금이다. 출산한 지 어언 20년이 다 된 지금까지도 그날의 산통을 위로 하는 것, 남편만이 할 수 있는 특허전매 용어다. 아내는 그날 약간 감동하는 것 같았다. 또 결혼 20주년 기념일에 '그래도 당신이 있기에 나는 행복합니다. 박희망'이라고 적은 족자를 만들어 정중히 건네었다.

자녀 생일날에는 아내가 남편에게 "누가 뭐라고 해도 당신이 오늘 생일의 최고 일등공신이다."고 칭찬할 만한데도 생각도 말도 나오지 않는 듯했다. 이해는 되지만 후일을 기대해 본다.

나는 매일 새벽 4시에 일어난다. 아내보다 먼저 일어나 나의 할 일을 마치고, 6시쯤 아내가 침상에서 일어나면 '아이고! 밤사이 안녕히 주무셨는지요?' 하면서 능청을 떨어본다. 처음에는 무슨 짓이냐며 손사래를 치더니 그것도 종종 자주 하니 재미있어 하며 그다지 싫어하지 않는 눈치다. 또 1년 예산을 배정한 후 목표금액을 투자한다.

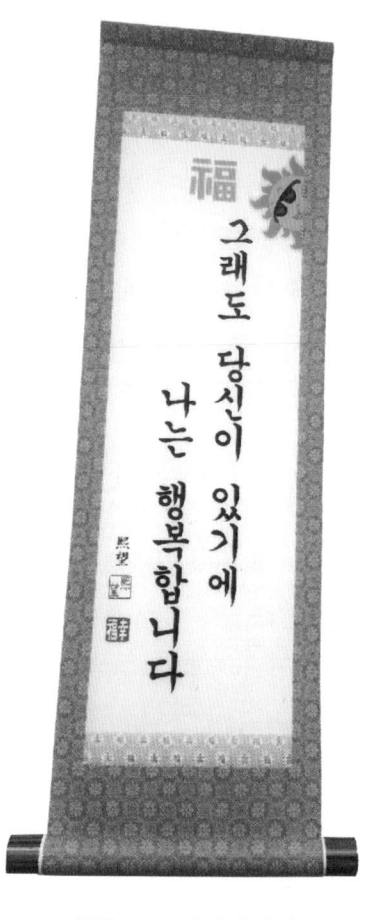

결혼 20주년 기념 족자

특별보너스와 비슷한 개념이라고 보면 될 것 같다. 특별한 행사 끝에 감사의 마음을 담아 건네는 선물이다.

3년 계획을 세운 이듬해 장인의 칠순 잔치 날이 되었다. 가족이 모두 모인 자리에서 매우 의미 있는 발표를 했다. 아내에게 공인

중개사 시험에 도전해 보도록 권유하며, 학원비는 물론 성공사례비 등을 아낌없이 지원하겠노라 선포하였다. 아내는 조용히 웃기만 할 뿐이었으나 크게 거부하지 않는 눈치였고, 장인 장모 그리고 처남까지 합세하여 격려하였다. 결국 온 가족의 협조 가운데 2년여를 열심히 공부, 결혼 20주년 기념 족자를 한 결과 공인중개사 자격증 취득에 성공하였다.

그다음 해에는 감사일기 쓰기를 적극 추천하였다. 벌써 오래전부터 감사일기를 써온 나로서는 아내도 꼭 실행해 보기 바랐다. 아내가 쓰지 않으면 아들도 안 쓰겠다고 하니 우리 함께 해보자고 적극 추천한 결과였다. 그 후 온 가족이 동의해 주어 감사일기를 쓰고 있음에 다시 한번 감사를 하지 않을 수 없다. 가장(家長)으로서 뿌듯한 일이기도 하다. 처음에는 감사할 일이 그다지 없을 것 같지만, 1년쯤 하다 보면 숨 한 번 쉬는 것도 감사하고 밥 한술 먹는 것도 감사할 일임을 알게 된다. 감사의 인식이 바뀌기 때문이다. 나는 이 일이 희망과 행복으로 가는 길이라 생각하고 매일 감사합니다. '미안합니다', '칭찬합니다'를 300번씩 말하거나 글로 쓰고 일 년에 7만 번 이상 실행하고 있다.

추석과 구정(舊正) 1주일 전에는 대청소를 한다. 용역업체에서 나온 4명의 인부들과 함께 평소 아내가 하지 못하는 곳의 청소를 한다. 아파트 외부 유리창, 냉장고 뒤, 그 외 어려운 구석을 청소 전문가와 내가 깨끗이 쓸고 닦는다. 아내가 고마워하는 것 이상으로 나 역시 상쾌해졌다. 또 쓰레기 분리수거와 간단한 설거지를 돕기 시작하자 집안 분위기가 점점 좋아졌다.

어느 날부터 아내가 친정이나 친구들 앞에서 남편 자랑을 하기 시작했다. 평소 별 자랑할 것 없는 남편인 줄 알았더니 참으로 고맙고 다행한 일이 아닐 수 없다. 이렇게라도 부부 사이가 점점 좋아진다면 달리 성공신화라고 할 것이 없을 것 같다. 한 사람의 남자로서 이만한 노력을 기울였다는 것으로 자위해도 되지 않을까 생각해 본다. 그러나 행복을 향해 가야 할 길은 아직도 끝이 없으니 더욱더 정진할 일이다.

: 평생 감사일기 :

작은딸이 결혼하여 1년이 조금 지났을 때였다. 친정에 다니러 온 딸의 안색이 영 좋지 않아 이리저리 눈치를 살펴보니 부부 사이가 다소 불만스러운 모양이었다. 결혼한 지 얼마 되지도 않아 깨를 볶아도 한참 볶아야 할 시기에 벌써 불만이라니. 한편으로는 '으레 하는 사랑싸움'이려니 하면서도 친정아버지 된 마음에 걱정되지 않을 수 없었다. 그렇다고 불러 앉혀놓고 아는 척하여 교육시킬 일도 못 되었다. 나이 어린 철부지도 아니고, 배우지 못한 청맹과니도 아니기 때문이다.

딸에 대한 평소의 믿음이 있기에 곧 좋아지려니 하고 지켜보았다. 그러나 내심으로 커져가는 불안을 감추기 어려웠다. 왜냐하면 엘리트 계층의 부부들일수록 갈등을 크게 겪는다는 세간의 말 때문이다. 딸은 S 대학병원 이비인후과 의사이고 사위는 현직 판사인데 서로의 자존심 때문에 쓸데없는 마음고생을 하고 있지나 않은지 모를 일이었다. 그러나 자신들의 자존심만큼이나 자제력과 인내심도 강할 터이니 곧 좋아질 거라는 생각도 들었다.

따져보면 감사할 일이 얼마나 많은 서로인가. 그런데 감사할 것은 보이지 않고 서로의 체면과 이기심을 앞세우다 보면 전쟁 아닌 전쟁을 하게 될 것이다. 그 점에 있어서는 나 역시도 예외일 수 없어 회한이 따른다. 돌아보면 '나'라는 사람도 할 말이 없는 사람이라 참으로 답답한 일이 아닐 수 없었다. 그래서 이참에 나를 비롯해 여러 사람이 편해지는 지혜를 찾아 고민해 보기로 했다.

마침 추석(秋夕) 연휴라 시간적 여유가 있어 교보문고로 달려갔다. 그곳에 가면 누군가의 저서에서 지혜의 씨앗을 발견할 수 있을 것 같았다. 우선 '부부갈등의 치유', '부부갈등 해결' 등의 내용 중심으로 서가를 뒤졌다. 그러나 마땅한 책을 찾지 못해 서점 직원에게 추천해주길 부탁하였다. 난감해하기는 그들도 마찬가지였다. 책 제목을 말하거나 저자를 말해야 찾을 수가 있다고만 했다.

한참 동안 서가를 서성이는데 어느 직원이 따라와 보라더니 『평생 감사』라는 책을 건네었다. 그 자리에 선 채로 몇 장을 읽자 '아, 바로 이 책이구나!' 하는 생각이 들었다. 반갑고 기쁜 마음에 당장 5권을 사 들고 와 한 권은 딸에게, 또 한 권은 아내에게 주면서 같이 읽기를 권했다. 나는 두 번 세 번 반복해서 읽었다. 참으로 귀한 금언이라는 생각에 상기된 마음으로 딸과 아내의 눈치를 살피니, 그들은 별로 감동을 하지 못하는 것 같았다.

그날로부터 감사 일기를 쓰기 시작했다. 40년도 더 전에 써본 일기를 다시 시작한 것이다. 감사 일기란 별것이 아니라 하루 중 감사한 일을 찾아서 적어보는 것이다. 오늘은 오랫동안 만나지 못한 지인의 소식을 들어 감사하고, 건강검진에서 좋은 결과를 통보받아 감사하고, 회사 일이 잘 풀려서 감사하고…. 그렇게 특기(特記)할 만한 일이 아니라도 소소한 것들에 대한 감사 거리가 더 소중했다. 오늘은 아내의 기분이 좋아 보여 감사하고, 맛있는 식사를 하게 되어 감사하고, 자식들이 아무 소식 없으니 모두들 잘 지내는 것 같아 감사하고…. 심지어 날씨가 좋아 기분이 썩 좋은 것도 감사한 일이다.

감사는 감사를 부른다. 감사 일기를 쓰는 동안 내가 얼마나 행복한 사람인지 깨닫게 되는 것이다. 작은 것에 감사하고 기뻐할 줄 아는 삶을 통해 가정의 화목과 사회의 화합이 내 것으로 다가오는 것 같았다. 그러나 아무리 좋은 것도 실행하지 않으면 내 것이 아니다. 습관적으로 수없이 실행해야 비로소 깨달음에 이른다는 것이 나의 신념이라 실천하는 데 별 어려움은 없었다.

어느 날의 감사일기에 '나는 대한민국이 가장 사랑하는 위인 세종대왕님보다 더 행복하다.'는 생각을 적었다. 그분은 오만가지 책임과 고민을 걸머지고 사셨지만 나는 그에 비해 책임은 적게 지고, 향유하는 것은 오만 가지다. 스마트 폰을 누리고, 자동차를 운전하며, 비행기를 타고 세계 곳곳을 다니고, 첨단 의료 혜택과 과학의 수많은 혜택을 누리며, 일어와 영어를 비롯해 중국어까지 배워 활용할 수 있으니 이 얼마나 행복한 일인가. 무엇보다 병약

했던 그분보다 훨씬 더 오래 살고 있다. 그만하면 참으로 감사할 일이 많은 사람 아닌가.

그렇게 생각하니 예전에는 생각도 못 했던 감사가 날로 넘치기 시작했다. 하루에 여러 가지의 감사 거리를 찾다 보니 점점 불평 거리가 줄어들었다. 또한 범사(凡事)에 감사한 마음을 반복하다 보니 건강에도 도움이 되었다. 이는 뇌리 속의 감사 세포가 점점 강해지는 반면, 상대적으로 잘 안 쓰는 불만과 비판의 세포가 허약해졌기 때문이다.

'고맙습니다', '감사합니다'로 훈련된 뇌세포는 오만을 겸손으로 바꾸기도 한다. 대부분의 승자(勝者)는 오만하기 쉽다. 그러나 감사할 줄 아는 사람은 오만이 아니라 겸손해짐으로 수양의 밑거름이 되는 것이다. 감사 일기를 쓴 지 2년쯤 되자 감사의 질(質)이 내가 보기에도 꽤 발전되어 갔다. 처음에는 하루 목표량 7~8가지를 채우기 급급하였는데, 이제 양보다 질을 만족시키는 감사일기가 되어갔다. 감사 거리를 애써 찾지 않아도 일상에서 감사할 일들이 자꾸 보였다.

어느 날 60대 장년 축구대회가 있었다. 각 시·군 대표 수십 개 팀이 출전하였는데 나는 김해시 대표선수였다. 그날은 평소보다 더 우수한 기량으로 유감없이 시합을 했고, 최우수 선수가 되었다. 근간에 이보다 더 기쁜 일이 없었던 것 같아 트로피를 들고 사진 촬영을 했다. 그러고는 냉큼 서울에 가 있는 아내의 카톡으로 전송했다. 평소 같으면 이내 '축하합니다.' 하고 답변이 올 일인데 묵묵부답이었다. 한참을 기다려도 반응이 없었다.

집에 돌아와 잠자리에 들 시간이 되었는데도 답변이 없었다. 아내에게 무슨 안 좋은 일이라도 있나 걱정하면서 다음과 같이 문자를 보냈다.

'축하해 주지 않아도 감사합니다. 축하해 주지 못하는 당신의 마음 고생에 위로를 보냅니다. 사랑으로 모든 것을 초월한 나에게는 그 어떠한 것도 감사합니다. 당신이 곧 나의 감사입니다.'

다음 날도 역시 아무 반응이 없었다. 드디어 일요일이 되어 서울 집에 갔더니, 들어서자마자 평소보다 더 반갑게 맞아주는 아내의 모습을 볼 수 있었다. 자칫 어색할 뻔했던 순간을 감사의 지혜로 잘 넘긴 것 같았다. 그동안 열심히 감사 일기를 쓰다 보니 감사의 질이 향상된 결과라고 생각했다.

감사 일기를 통해 생각지도 못했던 행복을 누리게 된 셈이었다. 그것은 타인으로부터 오는 것이 아니라 내가 나에게 선물하는 행복이었다. 하루에 감사 예닐곱 가지, 1년이면 2천 5백 가지이다. 일기에 기록하는 것 말고 말로써 전하는 감사까지 합하면 1만 가지가 넘는다. 이러니 기쁘지 않을 수 없고 행복해지지 않을 수 없고 건강해지지 않을 수 없다.

나는 곧 평생 감사일기 전도사가 되기로 작정했다. 아내와 아들, 그리고 출가한 딸에게도 간곡히 권유하며 일 년에 세 번 정도는 감사 고백을 하기로 했다. 설, 추석, 그리고 제사를 모실 때 조상님 전에서 공개적으로 감사 고백을 하며 서로 선물을 주고받는다. 한두 번 하다 보니 마치 즐거운 축제처럼 자리를 잡는 것 같아 대단히 기쁠 뿐이다. 다음은 2012년 9월 중추절 첫 감사 고백과 2017년 10월 중추절 가장 최근의 감사 고백을 기록해 본다.

- 감사 고백 -

추석을 맞이하여 풍성한 오곡백과의 수확을 주신 천지신명과 조상님께 감사드립니다.

저희 5남매를 낳아주시고 키워주신 부모님에게 감사드립니다.

무엇보다 실조 형님의 건강 장수에 대해 큰 감사를 드립니다. 그동안 우리 집안에서 누구도 누리지 못한 80세 건강 장수의 한을 풀어 주시고 건강에 대한 희망을 주신 형님에게 온 집안 식구들이 감사드립니다.

추석을 맞아 한자리에 모인 집안 식구들의 안녕하심에 감사드립니다.

특히 나이 많은 남편과 어린 두 딸, 연로하신 시어머님을 모시고 고생한 아내에게 감사드립니다. 여러 가지 어려운 여건 속에서 고통과 눈물을 참아준 당신에게 감사드립니다. 특히 IMF 때는 바람 앞 등불 같던 나를 원망 없이 도와 오늘에 이르게 했고, 그 와중에 옥동자 태연이를 생산하여 가정의 큰 틀을 세운 것을 감사드립니다. 태연이를 교육하기 위해 이역만리 중국 땅에서 7년간이나 고생한 것도 감사드립니다.

더군다나 태연이가 신문 배달하는 결정에 도와준 것 감사드립니다. 얼마 후 태연이가 다리를 다쳐 35일간 신문 배달을 못 할 때 흔쾌히 대신해 준 것도 감사드립니다. 새벽 3시 반에 일어나 하루도 빠짐없이 신문 배달을 하는 당신을 보며 생각한 것이 많습니다.

명상을 통해 인생의 극치를 알게 된 것에 감사드립니다. 오랜 세월 마음을 닦아 행복을 찾고 대자유인의 황홀을 맛볼 수 있었던 것은 내 인생의 큰 발전이라 아니할 수 없으니 이 기회를 준 당신에게 감사드립니다.

그동안 내가 무관심할 때도 있었고, 나에게 서운한 일도 있었고, 화날 때도 있었지만 내가 제대로 사과하지 못한 경우가 많습니다. 오늘 조상님 전에서 당신에게 사과하고 감사드립니다.

끊임없이 노력하는 당신, 필시 이 가정의 훌륭한 천사가 될 것입니다. 태연이는 조금만 더 노력하면 충분히 우등생이 될 것이고, 건강하게 잘 자라주어 감사합니다. 앞으로 우리 가정이 더욱 행복해지도록 모두가 최선을 다할 것이므로 감사에 감사를 드립니다.

ㅗ0ㅣㅗ년 8월 15일 추석에

박 실 상 (= 박 희 망)

- 감사 고백과 반성 -

1. 중추절을 맞이하여 조상님 전에 감사드리고 대자연과 살아 있는 가족 모두에게 감사드립니다.

2. 올 한 해도 아내와 함께 꾸준히 감사 일기를 쓰고 있음에 감사하고 앞으로도 건강이 허락하는 날까지 감사 일기가 계속되길 기원합니다.

3. 올해에는 태연이가 좋은 대학에 입학할 수 있도록 조상님의 도움 있기를 기도합니다.

박사학위를 받고 설날 조상님 전에 감사 고백

딸과 나란히 박사모를 쓰던 날

4. 올해는 우리 집안에 2명의 박사가 탄생하였습니다. 미나와 내가 무사히 박사과정을 마치게 되어 감사드리며 앞으로도 더 많은 박사가 탄생하길 기원합니다.

5. 가족 간에는 각자의 의무를 충실히 다함으로 서로 공경하고 서로 돕는 가족이 되기를 기원하며, 부족했던 점은 반성하고 무사한 한 해에 감사드립니다.

6. 중추절 차례상 준비하느라 수고한 아내에게 감사드립니다.

2017. 10. 4. (음 2017. 8. 15.) 중추절에

박 실 상(=박 희 망)

: 나의 일상 :

나의 하루는 그야말로 거미줄 같은 선과 선의 시간이 맞닿아 있다 하여도 과언이 아니다.

100세 시대를 맞아 꼭 100세인이 될 것이란 확신으로 나날을 관리한다. 누군가는 이런 나의 행태를 괴이하게 여기기도 할 것이고, 빈정대기도 할 것이다. 사람에게는 보이지 않는 힘에 의한 불가항력적인 부분이 있다고 한다.

어느 날 갑자기 유명을 달리하는 사람들을 보면 그렇기도 하다는 것에 전적으로 동의한다. 그러나 무심히 게으르게 살다 넘어

지는 사람이 되진 않겠다는 것이 내 결심이다. 출중한 인물과 박학하며 너그러운 인품을 지닌 나의 큰형님도 불행하게 하루아침에 쓰러져 병상에서 불편한 몸으로 10여 년을 보내다 돌아가셨다. 단정하고 깨끗하며 부지런하던 어머니도 세월을 이기지 못하고 말년을 치매에 발목이 잡혀 계시다 가시는 것을 보았다. 최소한 나는 그렇게 살다 가지 않겠다는 거다.

젊은 시절엔 나도 술과 술자리로 피로가 누적되고 돈과 사람에 시달려 스트레스로 온갖 병고를 겪기도 했다. 어느 정도 생활과 시간에 여유가 생기고 마음에도 틈이 생기면서 내 생활을 정비해 가기로 했다. 술자리를 줄이고 몸과 마음 닦는 데 시간을 투자하자 많은 것이 달라지기 시작했다. 아프던 눈이 좋아졌으며 두통이 사라지면서 스스로도 가벼운 몸과 정신으로 젊어져 가는 자신이 느껴졌다. 더더욱 이 결심에 전력투구하며 노력하고 있다.

나는 보통 밤 9시면 잠자리에 든다. 그리고 다음 날 새벽 4시에 일어난다.

흔히 아침형의 사람과 저녁형의 사람이 있다고 분류하는데 나는 아침형의 사람이 되고자 내 생활노선을 변형시켰다. 일본의 의사 '사이쇼 히로시'가 쓴 『인생을 두 배로 사는 아침형 인간』이라는 책에 의하면 사람은 본시 해 뜨면 일어나고 어두워지면 잠자리에 드는 생활을 해왔으나 100여 년 문명의 발달로 밤시간을 활용하면서 신체의 리듬이 깨졌다고 한다. 그러니 아침형 인간은 자연의 리듬에 따라 생활하는 사람이며, 아침의 1시간은 낮의 3시간과 맞먹는다고 한다.

내 하루의 시작은 제일 먼저 물을 마시는 것이다. 하루 7컵의 물을 마신다. 그리고 30분간 명상에 든 후, 다시 한쪽 발로 서서 하는 집중 명상 즉, 학다리 명상을 30분 더 한 다음 갖가지 견과와 마, 구기자와 각종 씨앗을 재료로 한 가루 주스를 1컵 마신다. 다시 15분간 골반운동과 단전호흡, 눈 안마를 하고 양쪽 귀와 뒷머리 안마를 30분 하고 밖으로 나간다. 운동장에서 1시간 동안 조기축구 회원들과 축구로 땀을 흠뻑 흘린 뒤, 팔굽혀펴기 50회, 역기들기 40회, 손아귀운동 200회를 하고 목욕을 가서 턱걸이 10번, 사랑의 윗몸일으키기 60번, 다리골반운동 60번, 다리복근운동 850번, 거꾸로 매달리기 10분을 하고 돌아와 10시에 회사로 출근한다. 새벽 4시에 기상하여 6시간을 명상과 체조, 운동에 투자한다. 다시 오후 4시면 어김없이 탁구를 2시간 친다. 그리고 저녁 7시가 되면 일기를 쓰고 8시에 목욕, 9시에 취침한다.

현대그룹의 정주영과 마이크로소프트사의 회장 빌 게이츠도 새벽 3시에 기상하였으며, 제너럴일렉트릭사의 회장 잭 웰치는 오전 7시 30분부터 업무를 시작한 것으로 알려진 대표적인 아침형 인간이다. 그러나 자신의 절제나 큰 결심 없이 생체리듬을 바꾼다는 것은 쉽지 않으며, 아침에 일찍 일어남으로 인해 잠자는 시간이 줄어든다면 오히려 건강을 해치는 요인으로 작용할 수 있다.

반대로 오스트리아의 천재 작곡가 모차르트와 제2차 대전을 승리로 이끈 영국의 처칠, 미국의 버락 오바마는 대표적인 저녁형 인간으로 알려져 있다. 모차르트는 떠오르는 악상을 정리하기 전에는 잠을 자지 않아 새벽까지 작곡을 했던 것으로 알려졌고 처칠은 새벽 4시에 잠들어 오후에 일어났던 생활로 유명하다. 누구나 자기의 시계에 맞는 것으로 정하면 될 일이다. 늦은 밤 시간까지 일이나 잡다한 것에 잡혀 있는 것이 얼마나 허황된 것인가를 생각하면 지금의 내 일정이 꼭 지켜야 할 의무처럼 체질화되어 있어 다행스럽다. 간혹 피치 못할 일로 늦게 잠자리에 들 때, 힘들지만 언제나처럼 4시에 일어난다. 이는 나와의 약속이며 내가 이루어야 할 100세를 위한 지침이다. 하루 1시간 반 운동으로 1일 8시간 건강수명이 연장된다는 내 믿음은 너무나 굳건하다. 또한 아침형의 사람이 저녁형의 사람에 비해 수명이 길다는 통계는 내게 복음이기도 하다.

인생은 축복이요, 낙(樂)이다

유년 시절과 청년 시절에는 온 세상이 불공평하고 고통의 연속으로 인식되었다. 그래서 신앙에서 말하는 '인생은 죄인이다. 인생은 고통이다.'라는 말을 맹목적으로 믿고 따르면서 의심조차 하지 못했다.

그러나 내 나이 60세가 넘어서면서 다양한 인문학을 듣고 배우고 경험하던 중, '과연 인생은 무엇인가?'에 대해 수많은 질문이 생겼다. 차츰 '인생은 죄인이다, 인생은 고통이다.'라는 말에 회의가 일었고, 그 질문의 답을 하나씩 찾아보기에 이르렀다.

그러자 '인생은 고통도 죄인도 아니다.'라는 새로운 인식이 가슴 밑바닥에서 꿈틀대기 시작했다. 그렇게 5년여가 지난 어느 날 드디어 '아, 인생은 낙이다.' 하는 심정의 확신이 찾아왔다. 오래된 관념을 벗어나 새로운 인식을 받아들인다는 것이 결코 쉽지 않았기에 참으로 기쁘지 않을 수가 없었다.

'인생이 낙'인 이유는 도처에 널려 있었다.

사람이 살아가면서 견딜 수 없는 고통과 분노의 시간은 일 년 가운데 하루나 이틀, 즉 24시간이나 48시간에 지나지 않는다. 그런데 기쁘고 행복한 여러 날들의 기억은 쉽게 잊어버리고 고통과 분노의 시간만을 오래 기억한다. 그것은 우리의 머리가 피해의 재발을 방지하려는 자기보호 기능 때문이다. 반면에 즐거움과 행복은 재발을 방지할 필요가 없기에 쉽게 잊어버린다. 이는 자기보호 본능의 자동시스템이다.

태어나서 죽는 날까지 즐거운 시간과 고통의 시간을 대비해 보면 인생이 낙임을 알게 된다. 잠자는 시간, 식사를 하는 시간, 편안한 휴식 기간 등은 즐거운 시간이다. 정작 다툼이 있거나 화를 내는 시간은 즐거운 시간에 비하면 수백 분의 일에 불과하다. 그나마 사고의 질이 좋은 사람이라면 수천 분의 일도 안 되는데 왜 인생을 고되고 죄가 많다 하겠는가.

좋은 생각은 습관이 된다. 좋은 습관은 여러 사람의 사랑을 받을 것이며, 그의 인생은 즐거울 수밖에 없다. 실제적으로 세상에는 고통을 수양의 기회로 삼아 세기적인 성인이나 군자가 되고, 건강을 유지하여 장수하거나, 사업이나 정치적으로 대성한 사람들이 있다. 그렇다면 우리라고 못 할 이유가 없는 것이다.

흔히 말하는 스트레스도 따지고 보면 희망이다. 희망이 있으니 스트레스가 있고, 희망이 크면 스트레스도 크다. 당연히 스트레스가 없으면 희망도 없어진다. 결국 스트레스는 희망의 씨앗일 터, 많은 사람이 그것을 알지 못하고 오히려 만병의 근원이라 인식한다.

기대가 크면 고통이 있고, 그 기대는 곧 희망이다. 분노와 절망도 희망을 기대하다가 뜻대로 안 되어 나타나는 현상이다. 희망이 없는 곳에는 고통도 절망도 없다. 그러므로 고통은 희망의 씨앗이요, 그 희망은 인생의 낙이다.

희망이 실패해도 그 실패조차도 희망의 씨앗이다. 2번, 3번 반복 실패해도 그 실패 또한 희망의 씨앗이다. 희망이 있는 한 스트레스는 없어진다.

한 해가 지나가는 것을 송년(送年)이라고 한다. 이를 송년(送年)이 아니고 축년(畜年)으로 생각하면, 올해 돈도 저축하고 자식도 저축하고 지식도 저축하는 것이니 사라지는 것이 아니라 저축되어 간다. 태양은 빙빙 돌면서 항상 떠 있는 것이지 지는 것이 아니다. 태양의 한쪽만 보는 것일 뿐이다. 우리의 생각도 영원히 틀린 생각일 수 없고, 영원히 맞는 생각일 수 없다. 그러므로 '인생은 즐거운 것이다

결국 인간은 살아가는 동안 고통보다 낙의 순간이 많으며 이를 향유하기 위해 감사하며 살 일이다. 숨 쉴 때마다 한 발자국 걸을 때마다 밥 한 숟가락 먹을 때마다 물 한 잔 마실 때마다 감사하며 살 일이다. 감사할 줄 모르는 사람은 인생이 낙인 줄 모르는 사람이다.

2,500년 전 불교에서는 '일체유심조(一切唯心造)'라 해서 모든 것을 생각하기 나름이라 가르쳤다. 그러나 생각만으로는 '인생이 낙'이 될 수 없다. 또한 세상살이 역시 마음먹은 대로 되지 않는다. 내마음 나도 몰라 후회할 일이 한둘이 아니니, 일체유심조(一切唯心

造)만으로 인생의 낙을 누릴 수 없어 '일체유심행조(一切唯心行造)'라 함이 옳다.

좋은 생각을 하면 뇌세포가 튼튼해지고, 불평을 지시하는 세포가 허약해진다. 따라서 긍정의 세포와 부정의 세포가 싸워 긍정의 세포가 승리하면 행복한 인생이 될 것이다. 그러기에 좋은 생각과 좋은 행동을 습관적으로 반복하여 '즐거운 인생'을 살 것이다.

또한 지구상에 자신의 생명을 국가로부터 보호받고, 생계의 도움과 의료의 혜택, 교육의 은혜까지 받는 생물이 사람 말고 또 무엇이 있겠는가. 이것만으로도 인생은 축복이고 낙이 될 이유가 충분하다. 이러한 감사함을 느끼지 못하고 살아가는 많은 사람에게 다음의 방법이 도움이 되기를 희망해 본다.

－ 방법－

화장실이나 목욕탕에서 매일,

"내 생명 보호받아서 감사합니다." (100번 반복)

"의료 혜택 감사합니다." (100번 반복)

번갈아 가면서 암송하거나 말해보세요.

알면서도 잘 안 되지만 하면 못할 것도 없을 것입니다.

감사합니다.